Catherine Adamus
Katharinas Juwelen

Für meinen Vater

Catherine Adamus

Katharinas Juwelen

Roman

© 2023, Catherine Adamus
Herstellung und Verlag:
BoD – Books on Demand, Norderstedt
ISBN: 9783754318690

Prolog

Elena spaziert durch den Schlosspark von Cetinje in Montenegro. Die Wiesen, kurz gestutzt, leuchten in hellem Grün. Der alte Baumbestand harmoniert dazu in dunkleren Tönen. Leise tanzen die Blätter im Wind. Durch das dichte Laub schaut der blaue Palast hinüber. Es riecht nach Sommer.

Elenas Weg führt sie jedoch nicht zum prunkvollen, blauen Palast. Sie bleibt vor dem Palast von König Nikola dem Ersten stehen. Ein schlichtes, rot-weisses Gebäude mit viel Charme. Hier hat ihr Grossvater als kleines Kind gelebt. Zusammen mit seinen Eltern und seinen beiden

Halbgeschwistern. Seine Mutter hat ihm immer erzählt, er sei ein Königskind. Elena stellt sich vor, wie die Kinder hier gespielt haben mochten. Hört ihre kindlichen Stimmen und ihr helles Lachen....

Ursprünglich reiste Elena ganz allein nach Wien. Sie wollte in ihrer geliebten Stadt Zeit verbringen. Elena hatte sich schon beinahe gefühlt wie eine echte Wienerin in ihrer Wohnung im 5. Bezirk. Und sie wollte auf den Spuren ihrer Vorfahren wandeln. An jede einzelne Adresse, an welcher ihre Grosseltern gewohnt hatten, war sie gefahren, um mit eigenen Augen zu sehen, wovon ihre Grossmutter ihr immer erzählt hatte.

Immer tiefer war sie in die Geschichte ihrer Grosseltern geraten. Je mehr sie recherchiert hatte, umso genauer wollte sie es wissen. War ihr Grossvater wirklich der uneheliche Sohn von König

Nikola dem Ersten? Dass ihre Urgrossmutter als Köchin am Hofe von Montenegro gearbeitet hatte, gehört zu den mündlichen Überlieferungen in ihrer Familie. Doch war sie auch die Maitresse des Königs gewesen?

Kurz entschlossen hatte Elena ihren Freund gebeten, mit ihr nach Montenegro zu fahren. Vor Ort hatte sie sich neue Erkenntnisse erhofft. Und wirklich, im Museum des Schlosses hatte sie eine Fotografie gefunden mit dem Königspaar, mit Gästen und Bediensteten. Mit einer Frau in weisser Schürze und weisser Haube, welche von Nikola besitzergreifend und begehrlich betrachtet wird. Das könnte Katharina sein. Elenas Urgrossmutter. Nun ja, vielleicht war ja mit Elena ein wenig die Fantasie durchgegangen? Und wie will sie beweisen, dass sie königliche Wurzeln hat?

Teil 1

Die Küche, in welcher Katharina gearbeitet hatte, blieb kalt. So kalt wie das ganze Schloss. Denn König Nikola von Montenegro liess alles stehen und begab sich ins Italienische Exil. Vieles von seinem Hab und Gut nahm er mit, noch mehr liess er nachkommen. Zwei Kutschen jedoch standen immer noch an ihrem angestammten Platz. Zwei Pferde mümmelten träge an ihrem Heu und liessen sich vom zurückgebliebenen Stallburschen striegeln. Dieser fragte sich immer wieder, wie lange dies noch so weitergehen sollte. Kalte Küche, kaltes Schloss, kein Geld. Und er besprach sich mit der Köchin, die er immer schon heimlich bewundert hatte.

Ein paar Wochen später war es soweit. Katharina packte die wenigen Habseligkeiten ihrer Familie ein. Ganz zu unterst, in königliche

Handtücher gewickelt, befanden sich ihr Schmuck mit den wertvollen Juwelen. Erpressung ist ein hässliches Wort. Sie hatte König Nikola bloss gesagt, dass er nett zu ihr sein müsse, wenn er nicht wolle, dass sie seiner Frau alles von ihrer Liaison und dem unehelichen Kind erzähle. Nikola oder, wie sie ihn nannte, Nikita, erwies sich als äusserst nett. Er machte ihr wöchentlich teure Geschenke, meist Ketten, Ringe, Colliers, alle mit glänzenden Steinen versehen. Sogar eine Perlenkette fand sich unter den Gaben.

Viel Platz bot die Kutsche nicht. Doch wenn der Mann neben dem Stallburschen, der den Kutscher gab, und die Frau hinten mit den Kindern sass, hatten sie unter den kurzen Beinen der Kleinen noch Platz für ihr Gepäck. Das Reiseziel war Wien, die Heimatstadt des Stallburschen. Mindestens sechs Tage würden sie unterwegs sein, ohne zu wissen, wo sie schlafen, woher die Pferde ihr Futter bekommen würden. Die ersten Haferrationen hatten sie aber dabei, ebenso einen prall gefüllten Korb mit dem, was die Vorratskammer des Königs noch hergab.

Die Reise war beschwerlich. Die Kutsche nach einigen Stunden unbequem. Der Po tat von den holprigen Strassen weh. Trotzdem war die Stimmung erstaunlicherweise fröhlich. Abenteuerlust lag in der Luft, Vorfreude auf Altbekanntes, Vorfreude auf Neues. Manchmal durften sie im duftenden Heu schlafen und die Pferde konnten sich daran gütlich tun. Manchmal mussten sie sich unter freiem Himmel einen Schlafplatz suchen und sich notdürftig mit ihren Mänteln zudecken. Einmal mussten sie sich an der Heuernte beteiligen, um ihr Essen zu verdienen, ein anderes Mal hackten sie für den Gutsherrn Holz. Dafür erhielten sie nebst einer Schlafstätte im Trockenen einen neu gefüllten Esskorb und einen Sack voll Hafer. Die geplanten 6 Tage verdoppelten sich.

Dann erreichten sie Wien.

Der Stallbursche setzte sie in der Innenstadt beim Volksgarten ab. Eine herzliche und tränenreiche Umarmung, dann verschwand er.

Da sassen sie nun. Der Vorratskorb war leer, ebenso ihre Mägen. Die Abenteuerlust in den Augen der männlichen Familienmitglieder erloschen. Katharina betrachtete sie. Schüttelte den Kopf. Kramte umständlich in ihrem Gepäck, ertastete mit ihren Fingerspitzen das weiche Tuch, in welchem sich die Schmuckstücke von Nikita befanden, nahm eine Halskette aus reinem Gold in ihre Hand. Ein zierlich eingefasster Anhänger in Form eines Sterns funkelte in rubinrotem Glanz. Schnell steckte sie ihn in ihre Schürze, befahl ihrer Familie, gut ihr Gepäck zu bewachen, sich ja nicht vom Fleck zu rühren und auf sie zu warten.

Ein Gärtner, welcher gerade damit beschäftigt war, samtig schillernde Rosen zurück zu stutzen, zeigte Katharina den gewünschten Weg. Sie bog links ab und stand vor der Hofburg. Sie schenkte dem imposanten Gebäude keine Beachtung. Den Blick auf den Boden geheftet, ging sie weiter, bis sie den Stephansdom erreichte. Langsam schlich sie um ihn herum. Viele Kutscher standen träge herum, beobachteten sie aus den Augenwinkeln.

Nach der zweiten Runde um die Kirche blieb Katharina vor jedem Fiaker stehen. Ganz langsam nahm sie dann die Kette in ihre Hand und spielte damit, liess sie in der Sonne glitzern. Nach wenigen Sekunden verstaute sie den Schmuck wieder in ihrer Schürze und führte ihren Weg fort, bis sie ans Ende der Kutschen-Kolonne kam. Dann spazierte sie gemächlichen Schrittes weiter, Richtung Mozartwohnung. Plötzlich hörte sie Schritte hinter sich. Ein Kutscher überholte sie, liess sich dann aber sogleich zu ihr zurückfallen.

„Ist er echt?", fragte eine brummige Stimme.

„Natürlich", flüsterte Katharina.

„Echtes Gold und ein stattlicher Rubin."

„Woher hast du die Kette? Bist du eine Diebin?"

„Das willst du besser nicht wissen, aber eine Diebin bin ich nicht", antwortete Katharina.

„Wieviel willst du dafür?"

Hinter vorgehaltener Hand nannte Katharina ihren Preis. War das zu viel, zu wenig? Katharina hatte keine Ahnung. Mit aufgesetzter Kennermiene fügte sie hinzu:

„Und versuch gar nicht erst zu feilschen. Die Kette bringt dir ein Vielfaches ein."

Der Kutscher nickte und zischte:

„Komm in einer Viertelstunde zurück zu meiner Kutsche."

Katharina schlenderte ein bisschen durch die Innenstadt, flanierte die Kärntnerstrasse hinunter, bewunderte die Auslagen, bestaunte die Fassade eines Hotels.

„Hier sollte man wohnen können", dachte sie verträumt.

Ein Blick auf die Kirchenuhr zeigte Katharina, dass sie sich sputen musste. Doch exakt 15 Minuten später stand sie vor dem Fiaker, vor welchem ein braunes und ein schwarzes Pferd gespannt waren. Mit gesenktem Kopf dösten diese vor sich hin. Sie setzte sich in die Kutsche:

„Bring mich zurück in den Volksgarten", befahl sie.

Vor dem Eingang des Parks wechselten Schmuck und Geld ihre Besitzer.

Elena steigt aus dem Auto. Sie winkt Christian, welcher den Leihwagen zurückbringen wird, noch einmal zu, schliesst die riesige Eingangstüre auf und steigt in den obersten Stock zu ihrer gemieteten Wohnung empor. Ein tiefes Glücksgefühl durchströmt sie. Sie ist wieder da. In Wien, in diesen vier Wänden, in welchen sie sich so wohl fühlt. Sie tänzelt durch die Küche und singt aus voller Kehle Rainhards Zeilen:

„Do kann ma moch'n wos ma wü, do bini her, do gher i hi."

Nachdem sich Elena etwas frisch gemacht hat, fährt sie mit der Strassenbahn, welche gleich vor ihrer Wohnung hält, in die Innenstadt. Der Anblick der Karlskirche lässt erneut ihr Herz höherschlagen und sie fragt sich, ob sich dies je ändern wird.

Christian wartet bereits vor dem Café Griensteidl beim Michaeler Platz auf sie. Ein wunderbarer Blick bietet sich den beiden auf die

Hofburg. Hand in Hand schlendern sie den Kohlmarkt hinauf, biegen gleich links um die Ecke und gelangen zum Italiener. Diesen haben sie bei ihrem letzten gemeinsamen Besuch in Wien entdeckt. Der Pinot Grigio enttäuscht sie auch dieses Mal nicht. Dazu werden Mini-Pizzastücke gereicht.

Nach dem Apéro geht es weiter Richtung Graben, der berühmten Strasse in der Wiener Altstadt. Vorbei an dem Delikatessladen Julius Meinl in die Steindlgasse. Elena führt ihren Freund in eines seiner Lieblingslokale. Ohne einen Blick in die Karte zu werfen, bestellt sich Christian ein Beuschl. Elena verzieht ihr Gesicht. Das Gericht aus diversen Innereien in einer sämigen Rahmsauce ist nicht ihr Ding. Sie mag lieber den Zwiebelrostbraten. Das hauseigene, frischgezapfte Bier lassen sich aber beide schmecken.

Die Nacht ist schön. Sie lädt zu einem Spaziergang ein. Von der Pestsäule zum beleuchteten Steffl, die Kärnterstrasse hinunter zur ebenfalls illuminierten Oper. Obwohl das Abendessen reichlich gewesen ist, gönnen sich Elena und Christian zum Abschluss am Würstlstand einen legendären Käsekrainer. Sie haben gelesen, dass ein echter Wiener nie an einem Würstlstand vorbei geht, ohne sich eine kleine Nascherei zu genehmigen.

Dann steigen sie in die Linie 1 ein, welche sie zurück in ihre Wohnung bringt. Müde lassen sie sich auf die Kissen sinken und schlafen augenblicklich ein. Die zweitägige Rückreise von Cetinje nach Wien hat ihren Tribut gefordert.

Elena wacht vom Gezwitscher der Vögel auf, welche in der frühen Morgenstunde vor dem Schlafzimmerfenster ihr Konzert schmettern. Sie fühlt sich frisch und ausgeschlafen. Leise verlässt sie die Wohnung und holt frische Semmeln, Butter, Marmelade und zwei Melange beim Kaffeehaus, in welchem sie in den vergangenen Tagen immer ihr Frühstück genossen hat. Heute will sie Christian mit Kaffee im Bett überraschen.

Genüsslich schlürfen sie das heisse Getränk und schmieden Pläne für den Tag.

Die U-Bahn bringt Elena und Christian zum Rochusmarkt im 3. Bezirk. Elena liebt diesen Markt. Er hat nichts Spektakuläres an sich. Er umfasst nur gerade 15 Marktstände. Diese bieten jedoch den Kundinnen und Kunden eine unglaubliche Fülle an einheimischen Produkten an.

Elena und Christian bummeln durch die Stände und bewundern die vielen Fleischsorten, die gekühlten Fische und das bunte Angebot von

Früchten und Gemüsen. Linker Hand bewachen die grünen Zwiebeltürme mit den goldenen Dächern der russisch-orthodoxen Kirche Saint Nicolas das Markttreiben.

Ein kleiner Fussmarsch führt die beiden an einer Töpferei vorbei, welche Elena schon lange besuchen wollte. Doch leider ist diese erneut geschlossen. Elena hätte gerne eine der dunkelgelb leuchtenden Tassen ihr Eigen genannt. Die hätte sich gut gemacht in ihrer Espressotassensammlung.

Zehn Minuten später stehen sie vor dem Kunst Haus Wien, in welchem sich das Museum Hundertwasser befindet. Es wurde 1991 von dem österreichischen Künstler Friedensreich Hundertwasser gegründet. Neben den Werken von Hundertwasser können auch internationale Wechselausstellungen bestaunt werden.

Elena und Christian schlendern durch die menschenleeren Räume. Vor allem Elena ist eine grosse Hundertwasser Bewunderin. Ihr gefallen die bunten Bilder. Die geschwungenen Pinselstriche ohne Ecken und Kanten. Sie ist aber auch Fan der von Hundertwasser konzipierten Häuser und Kirchen. Auch die von ihm verschönerte Verbrennungsanlage von Wien schaut nun beinahe edel aus. Der Obergau sind jedoch die Toiletten. Schief die gekachelten Böden, schief die Wände, alles bunt, unruhig und doch in tiefer Harmonie.

Satt gesehen flanieren Elena und Christian vom Museum zum Hundertwasserhaus. Keine fünf Minuten später erreichen sie es. Dort leben Menschen ohne Ecken, dafür mit Begrünung im Haus, auf den Dächern und Terrassen, an den Fenstern und an den Wänden. Elena fragt sich zum zigsten Mal, wie die Möbel in diesen Wohnungen wohl angeordnet sind, stehen solche doch meist in Ecken und an geraden Wänden.

Nebenan befinden sich die Boutique mit tausend Hundertwasserobjekten und ein Restaurant, welches mit den vielen grünen Pflanzen zum Eintreten einlädt. Mit schiefer Theke und ebenfalls schiefem, weiss-schwarz gekacheltem Boden.

Wie immer nach einem Museumsbesuch etwas ermattet, suchen sich Elena und Christian einen schönen Tisch aus und bestellen die Karotten-Ingwer-Suppe, einen knackigen Salat mit Datteltomaten und Mozzarellakügelchen und ein grosses Glas Wasser mit frischer Zitrone.

Einen Espresso später machen sie sich wieder etwas gestärkt auf den Rückweg. Sie wählen die längere Strecke mit der Strassenbahn, welche sie in

30 Minuten vom Radetzky Platz direkt zur Mayerhofgasse und somit zu ihrer Wohnung bringt.

Katharina eilte auf die Bank zu, auf welcher sie ihre Familie zurückgelassen hatte. Wie brave Schafe sassen alle noch an ihrem Platz. Ihr Mann erzählte den Kindern anscheinend eine Geschichte. Ein leicht verächtlicher Ausdruck trat auf Katharinas Gesicht. Sie gab sich keine Mühe, ihn zu verstecken. Dann nahm sie die Hand ihres Jüngsten und forderte alle auf, mit ihr zu kommen. Zusammen spazierten sie den Graben hinauf und weiter die Kärntnerstrasse hinunter. Vor dem Hotel Meissl & Schadn blieben sie stehen. Die Fassade war mit reizvollen Mosaiken geschmückt. Es war unvernünftig. Doch genau hier wollte Katharina für ein paar Tage unterkommen. So lange, bis sie eine Stelle und eine Wohnung gefunden hätte.

Resolut stellte sie sich an die Empfangstheke und schüttelte die dort stehende, kleine goldene Glocke. Ihre Familie wartete derweil draussen vor der Eingangstüre des Hotels. Mit erhobenem Kopf und durchgestrecktem Rücken näherte sich die Empfangsdame, adrett gekleidet im schwarzen Kostüm. Ein Namensschild verriet, dass sie Emma hiess. Ein liebes Lächeln umspielte ihre Lippen.

«Sie wünschen, gnädige Frau», fragte sie mit warmer Stimme.

Katharina erklärte ihr, dass sie gerne ein Zimmer mit ihrem Mann und ihren drei Kindern für eine Woche beziehen möchte.

Emma hatte gelernt, immer freundlich und zuvorkommend zu sein. Sie wusste aber auch, dass Vorsicht geboten war bei Gästen, die nach nichts aussahen, jedoch trotzdem im noblen Hotel absteigen wollten. Mit einem artigen Augenaufschlag fragte sie deshalb ganz leise, ob

Katharina denn auch bezahlen könne? Sie wolle ja nicht unhöflich sein, doch müsse sie dies leider im Voraus abklären. Beruhigt atmete Emma auf, als sie die Zimmermiete in bar für eine volle Woche in ihren Händen hielt.

Wenig später betrachteten leuchtende Kinderaugen ihr neues Zuhause auf Zeit. Übermütig hüpften sie auf den weichen Betten herum und bestaunten die grosse Wanne im rosa gekachelten Badezimmer, welches gleichzeitig die Verbindung zum Zimmer ihrer Eltern bildete.

Auch Katharina war zufrieden.

Etwas später sass die ganze Familie im Hotelrestaurant beisammen und genoss eine appetitlich duftende Gulaschsuppe und den Augenblick der Unbekümmertheit. Wohlwollend ruhte Katharinas Blick auf ihren drei Söhnen. Auf den beiden Blondschöpfen Karl und Hans und dem Jüngsten, Nikolaus, ihrem Königskind, mit seinen dunklen Haaren und den sanften Augen.

Nach dem Essen schickten die Eheleute die Kinder in ihr Zimmer. Sie sollten ihre wenigen Habseligkeiten auspacken und in die Schränke räumen. Danach war Siesta angesagt. Die Eltern wollten nicht gestört werden. Den Atem anhaltend hörten die drei, wie sich ihre Eltern stritten. Zuerst nur leise, dann wurden ihre Stimmen lauter und lauter.

«Du bist ein Waschlappen», warf Katharina ihrem Mann vor.

«Immer ist es an mir, für die Familie zu sorgen. Bereits heute muss ich wieder losziehen, um ein weiteres Schmuckstück zu verhökern, weil kein Geld mehr übrig ist.»

«Da bist du ganz selber schuld», bekam sie zur Antwort.

«Immer musst du dich hervortun und mich herumkommandieren. Du weisst immer, was zu tun ist und duldest keine Widerrede. Doch hättest du uns nicht in diesem edlen Hotel untergebracht, wäre noch Geld da. Im Übrigen würde ich gerne wieder arbeiten. Doch wer braucht mich Musiker schon in dieser trostlosen Welt?»

Katharina verliess ohne ein weiteres Wort das Zimmer.

Elena steigt mit Christian aus der Strassenbahn. Als sie auf die Uhr schaut, ist urplötzlich ihre Müdigkeit verflogen. Es ist Samstag. Und nur am Samstag kann in Wien ein ganz besonderes Schmankerl besucht werden: Das Dritte Mann Museum. Es liegt ganz in der Nähe ihrer Wohnung,

Elena hat es per Zufall bei einem vorhergehenden Besuch entdeckt.

Das Museum ist mit seinen 2500 Originalexponaten eine Hommage an den 1948 in Wien gedrehten Filmklassiker mit Orson Wells. Dem Film über die Nachkriegszeit in Wien. Das Highlight dabei ist zweifelsohne die Zither, auf welcher Anton Karas die weltberühmte Musik zum Film gespielt hat.

Nach wenigen Gehminuten erreichen Elena und Christian das Museum. Mit einem Mal befinden sie sich in einer anderen Zeit. Kleine, verschachtelte Räume, verbunden mit Vorhängen und Treppen, verströmen eine unglaubliche Atmosphäre. Gemeinsam bestaunen Christian und Elena den noch funktionstüchtigen Filmprojektor aus dem Jahre 1936, welcher einen Filmausschnitt zeigt, die vielen Fotos und Requisiten, aber auch die Originaldrehbücher und die am Set verwendeten

Kameras. Grossen Spass bereitet es den beiden, die unzähligen Coverversionen des «Harry Lime Themas» abzuspielen.

Beide sind sich einig: Dieser Besuch hat sich gelohnt. Als Andenken kaufen sie sich die kleine Spieluhr mit der Titelmelodie.

Heute Abend wollen Elena und Christian ganz in der Nähe essen. Nach kurzer Zeit stehen sie vor dem Schlossquadrat. Elena ist einmal mehr fasziniert. Häuser in verschiedensten Grössen bilden zusammen ein Quadrat. Inmitten dieses Vierecks befinden sich 4 Restaurants. Jedes mit seiner eigenen Ausrichtung. Sie entscheiden sich für dasjenige mit der traditionellen Wiener Küche. Auf dessen Menükarte ist zu lesen:

«Hier treffen sich Arbeiter und Direktoren, Studenten, Lebenskünstler und gelegentlich

Touristen, alles genau so, wie es sich für ein richtiges Wiener Beisl gehört.»

Meistens bestellen sich Elena und Christian dasselbe. Das heisst, zuerst studieren beide die Karte. Christian hebt die Vorzüge der in Frage kommenden Gerichte hervor. Dann lässt er Elena galant den Vortritt. Sie bestellt, er nickt dann nur kurz und sagt:

«Das nehme ich auch.»

An diesem Abend gibt es keine Ausnahme von dieser unausgesprochenen Regel. Nach der Leberknödelsuppe lassen sie sich ein Wiener Schnitzel mit Erdäpfel-Vogerlsalat schmecken. Die Knödel zergehen auf der Zunge, das Schnitzel ist dünn, mit wenig Panade krossgebraten. So soll es sein.

Elena schliesst genüsslich die Augen. Sie denkt an ihre Grossmutter. An sie, welche ihrem Mann nach Wien gefolgt ist. An sie, die diese Stadt so sehr geliebt hat. Auch dann noch, als sie – von ihrem Ehemann zutiefst durch seine Untreue verletzt – längst wieder in der Schweiz, in Basel gelebt hat. Elena sieht sich als kleines Mädchen auf dem bordeaux roten Teppich im Wohnzimmer ihrer Grossmutter sitzen. Den erhobenen Blick gebannt auf das liebe Gesicht geheftet. Dem Gesicht mit dem Lächeln, welches nicht nur in den Augen hängen bleibt, sondern den ganzen Menschen lächeln lässt. Jedes einzelne Wort über Wien hat Elena aufgesogen, Bilder sind in ihrem Innern entstanden. Und jene Sehnsucht, welche sie nie wieder losgelassen hat. Der Sehnsucht nach der Stadt ihrer Grossmutter Alice.

Christian möchte noch nicht nach Hause und schlägt vor, mit einem Schlummertrunk den schönen Abend ausklingen zu lassen. Ein Grüner Veltliner, genannt «Filou», soll es sein. Der Name gefällt ihnen.

Katharina verliess das Hotel. Sie war wütend. Wütend auf ihren undankbaren Mann, wie sie fand. Sie tat doch alles, dass es ihrer Familie gut ging. Zuerst als Köchin bei Nikola I von Montenegro und jetzt hier, in Wien. Katharina wollte ihrer inneren Stimme kein Gehör schenken. Dieser unverschämten Stimme, die ihr leise sagte, dass es nicht in Ordnung sei, wie sie ihren Mann behandelte. Dass sie ein richtiges, kleines Ekel sei.

Viele Menschen bevölkerten die Kärntnerstrasse. Katharina bahnte sich einen Weg durch die Menge Richtung Oper. Dort näherte sie sich einem Kutscher und stupste ihn an:

«Kannst du mich zum Bahnhof bringen? Dann musst du dort warten, bis ich wiederkomme. Ich bezahle erst, wenn wir wieder zurück sind», raunte sie ihm zu.

«Gnädige Frau, sonst ist in Ihrem Oberstüberl alles in Ordnung? Ich bring Sie doch nicht zum

Bahnhof ohne einen Vorschuss. Das kann ja jede sagen, ich bezahle erst am Schluss. Und dann sind Sie weg und ich sehe keine müde Krone.»

«So, oder gar nicht», zischte ihm Katharina ins Ohr.

«Dein Schaden soll es nicht sein. Ich bezahle dir das Doppelte.»

Katharina stieg in den Fiaker. Ein Lächeln umspielte ihre Lippen.

Am Westbahnhof angelangt, verliess sie mit stolz erhobenem Haupt die Kutsche. Der Fahrer schickte sich in sein Schicksal und betete inständig zu Gott, er möge diese Frau wieder zu ihm zurückkehren lassen.

Katharina setzte sich in der Eingangshalle des Bahnhofs in eine Ecke. Vor sich breitete sie ein schneeweisses, gestärktes und perfekt gebügeltes

Taschentuch aus. Darauf legte sie den goldenen Fingerring. Ein Blickfang mit seinen drei grazil eingearbeiteten Diamanten. Sie liess das Schmuckstück keinen Moment aus den Augen. Trotzdem beobachtete sie genau, was um sie herum geschah.

Viele gingen an Katharina vorbei. Einige warfen einen raschen Blick auf den glitzernden Schmuck. Die meisten jedoch eilten einfach weiter Richtung Bahnsteige.

Eine Dame näherte sich. Sie trug einen langen, teuer aussehenden, braunen Mantel. Um ihren Hals lag eine Pelzstola. Langsam ging sie vorbei.

«Schade», dachte Katharina.

«Das war wohl nix»

Gemächlichen Schrittes kehrte die Dame zurück. Wie unbeabsichtigt liess sie eine Krone fallen, direkt auf Katharinas Taschentuch. Rasch bückte sie sich und hob das Geldstück wieder auf. Dabei flüsterte sie:

«Was wollen Sie dafür haben?»

Etwas mutiger geworden, verlangte Katharina einen in ihren Augen horrend hohen Preis.

Dann schaute sie hoch. Der Blick aus stahlblauen Augen traf sie direkt ins Herz. Sie begann zu zittern.

«Folgen Sie mir mit einigem Abstand auf die Damentoilette», befahl die Dame.

Der Kutscher starb unterdessen tausend Tode. Er versprach dem Herrgott, nie wieder zu lügen, seiner Frau stets ein guter Mann zu sein. Nie wieder würde ein Fluch seine Lippen verlassen. Wenn nur dieses Weibsbild wiederkäme. Er konnte sich weder den Verlust des Fahrpreises noch den Verlust der Stunden ohne Einkommen leisten.

Dann kam sie. Ein Strahlen umgab sie. Sie drückte dem verdutzten Mann einen dicken Schmatzer auf die unrasierte Wange, bezahlte, wie versprochen, den doppelten Fahrpreis und bat darum, wieder zurückgebracht zu werden. Während der gesamten Fahrt summte sie vor sich hin.

Nach einem vitalen Frühstück, bestehend aus einem Müsli mit frischen Früchten, einem Orangensaft und einer Melange in «ihrem» Kaffeehaus um die Ecke, nehmen Elena und Christian die U1 Richtung Leopoldau. Am Schwedenplatz müssen sie umsteigen. Die Fahrt beträgt insgesamt dreissig Minuten. Ein kurzer Spaziergang später und sie stehen vor der Müllverbrennungsanlage Spittelau. Für jeden Hundertwasserliebhaber ein Muss, findet Elena. Einmal mehr bestaunt sie den Komplex. Schiefe Wände bunt bemalt, eine Terrasse voller Bäume, die goldene Kuppel, welche nachts sogar hell erleuchtet ist.

Nach weiteren dreissig Gehminuten erreichen Elena und Christian das zweite Ziel ihres Ausfluges. Sie stehen vor dem Sigmund-Freud-Museum in der Berggasse. Eine Treppe führt in den ersten Stock. Sie betreten die Wohnung, in welcher Freud 37 Jahre gelebt und praktiziert hat, bevor er sich mit seiner Familie aus Furcht vor dem Nationalsozialismus ins englische Exil begeben hat. Originale Einrichtungsgegenstände gibt es zu bestaunen. Besonders eindrücklich ist der Warteraum, in welchem bestimmt viele Menschen mit klopfenden Herzen auf eine Analyse des berühmten Arztes gebangt haben. Autografen und Erstausgaben seiner Werke geben Einblicke in sein Privatleben und in die Entstehung der Psychoanalyse. Historische Filmaufnahmen, welche Freuds jüngste Tochter Anna Freud zusammengestellt hat, vervollständigen das Besuchserlebnis.

Etwas müde wollen sich Elena und Christian in den Sigmund Freud Park setzen, welchen sie über die Währingerstrasse erreichen. Elena gefällt diese Strasse. Trotz starkem Verkehr strömt sie viel Nostalgie und Charme aus. Vor einem Trafik-Laden bleibt sie stehen und erinnert sich an den bezaubernden Roman «Der Trafikant», in welchem der Protagonist, der in eben diesem Laden eine Lehre beginnt, Sigmund Freud bedient, ihn schätzen lernt und sich von ihm in seinem Liebeskummer Ratschläge erhofft. Elena fühlt sich viele Jahre zurückversetzt und lächelt leise.

Der Park ist stark bevölkert. Die roten Liegestühle mit der Aufschrift «Wien liegt gut» sind fast alle besetzt. Zum Glück finden Christian und Elena noch zwei der begehrten Exemplare. Sie stellen sie so hin, dass sie einen freien Blick auf die wunderschöne Votivkirche erhalten und geniessen den Augenblick.

Elena verlässt den Park samt Christian und geht noch einmal zum Trafik. Dort kauft sie zwei Taschenbücher, zwei Wurstsemmeln und zwei grosse Flaschen Wasser. Zurück im Park lesen die beiden in vollkommener Harmonie mit sich und ihrer Umgebung.

Gegen Abend packen sie ihre Bücher ein. Elena hat das ihrige ausgelesen. Christian meint nur kichernd:

«Musstest du es mal wieder auffressen, du Bücherwurm?»

Ihre Beine sind ganz steif vom vielen Sitzen. Deshalb beschliessen sie, zu Fuss zum Schwedenplatz zu spazieren.

Obwohl sie es eigentlich gar nicht mag, sich wie eine Touristin zu benehmen, möchte Elena ihrem Freund eine Reise mit der Ring Bahn nicht vorenthalten. Diese fährt während einer knappen halben Stunde an vielen Sehenswürdigkeiten vorbei und erklärt diese via Kopfhörer in 8 Sprachen und auch im Wiener Dialekt. Diesen wählen die beiden und erfreuen sich der prächtigen Gebäude wie der Staatsoper, der Hofburg, dem Parlament, dem Rathaus oder dem Burgtheater und den dazu gehörigen, spannenden Informationen.

«Das hat echt Spass gemacht», meint Christian, als sie wieder am Schwedenplatz aussteigen.

Elena kennt in der Nähe ein Restaurant mit einem schönen Schanigarten. Der Weg dorthin führt die beiden an der Jesuitenkirche vorbei. Leider können sie das Gebäude samt den beiden imposanten Türmen nur von aussen bewundern. Die Kirche mit dem von Andrea Pozzo opulent gestalteten Inneren hat bereits geschlossen.

Die freundliche Kellnerin weist den beiden ein lauschiges Plätzchen zu und bringt ihnen eine kühle, hausgemachte Limonade als Willkommensgruss. Zur Vorspeise gibt es eine klare Wiener Rindssuppe mit Frittaten, der Hauptgang besteht aus Rahmgulasch mit Nockerln. Ein Glas Rosé rundet das gelungene Mahl ab.

Mit einem pappsatten Magen verlassen sie frohgemut das Beisl und schlendern durch die Gasse Richtung Stephansdom. Schön schaut er aus, der Steffl, in der Nacht hell erleuchtet. Sie setzen sich auf die Terrasse eines Restaurants direkt vor dem Dom, bestellen sich einen Espresso und betrachten ihn stumm.

Die U1 bringt sie wieder zurück in ihre Wohnung. Wehmut legt sich über Elena. Sie kann sich das Gefühl zunächst nicht erklären, hat sie doch einen wunderschönen Tag mit Christian erlebt. Dann wird ihr schnell klar, was mit ihr los ist. Ihr bleiben nur noch zwei Tage in ihrer Stadt. Dann geht es zurück in die Schweiz.

Katharina kam gut gelaunt zurück ins Hotel. Sie ging direkt in ihr Zimmer und rief munter:

«Hallo, da bin ich wieder.»

Sie bekam keine Antwort. Zunächst dachte sie sich nicht viel dabei, zu glücklich war sie darüber, ein weiteres Schmuckstück verkauft zu haben. Irgendwie hatte es halt doch etwas Gutes, dass sie Nikola I' s Maitresse gewesen war. Seine mehr oder weniger freiwilligen Geschenke ebneten ihr und ihrer Familie nun viele Wege in Wien. Auch den gemeinsamen Sohn Nikolaus wollte sie nicht missen müssen. Seine Art tat ihr gut. Mit ihm zusammen hatte sie immer das Gefühl, alles erreichen, sich alles nehmen zu können, was ihr das Leben bot.

Nachdem sie sich frisch gemacht hatte, begann Katharina sich nun doch zu wundern. Wo war ihr Mann, wo waren ihre Kinder? Und da war sie wieder, ihre innere Stimme. Immer lauter wurde sie:

«Nun ist er weg, das hast du davon. Unzufrieden warst du mit ihm, dabei hat er immer tadellos zu den Kindern geschaut, hat gekocht und geputzt für dich. Nun schau, wie du alleine zurechtkommst.»

Tränen stiegen in ihre Augen. Das hatte sie nicht gewollt, sie liebte ihn doch. Und ohne ihre Kinder könnte sie nicht leben.

Katharina putzte sich die Nase und trocknete ihre Augen. Sie öffnete die Zimmertüre und schaute nach, ob denn wirklich niemand kommen würde? Ganz leise vernahm sie Musik. Wie von fremder Hand gesteuert folgte sie ihr.

Da sass er. Auf seinem Gesicht dieser Ausdruck, den sie so lange nicht mehr an ihm gesehen hatte. Die Augen geschlossen, ein glückseliges Lächeln auf den Lippen. Seine Finger glitten über die Tasten, sie fanden ihren Weg blind.

Katharina betrachtete fasziniert ihren Mann. Sie vergass die Welt um sich und lauschte der Melodie, welche zart und leise durch das Zimmer wehte.

Sie erwachte wie aus einem Traum. Dann sah sie, dass sie nicht alleine waren. Um ihn herum waren viele Kinder, auch ihre drei waren dabei. Sie sassen auf dem rotgemusterten Teppich, einige hatten sich auch lang ausgestreckt. Alle waren mucksmäuschenstill und hörten andächtig zu.

Als der letzte Ton verklungen war, wagte niemand, sich zu rühren. Es schien, als läge ein Zauber über ihnen. Dann hörten sie ein Klatschen. Katharina drehte sich dem Geräusch zu und sah einen Mann. Distinguiert im grauen Anzug, weissem Hemd und silberner Fliege stand er da. Der Bann war gebrochen, alle Kinder jubelten und klatschten um die Wette. Katharina aber ging zu ihrem Mann, nahm sein Gesicht in ihre Hände und gab ihm einen zärtlichen Kuss.

«Ich liebe dich», flüsterte sie.

«Bitte verzeih mir. Ich war ein richtiges Biest.»

Der Mann im grauen Anzug verbeugte sich vor ihr:

«Darf ich bitten, gnädige Frau?»

Zu den Klavierklängen ihres Mannes schwebte Katharina durch den Raum. Die Kinder taten es ihr nach, ausgelassen tanzten sie um die Wette.

An diesem Tag kehrte das Glück heim.

Von diesem Tag an hatte Katharinas Mann wieder eine Anstellung. Der Mann im grauen Anzug stellte sich als Hotelmanager vor und bat den Musiker, wieder Leben in das Hotel zu bringen. Er stelle sich Tanzveranstaltungen, Teenachmittage und ab und zu ein hochstehendes Konzert am Abend vor.

Es regnet. Elena und Christian entscheiden sich für einen Museumstag. Starten wollen sie mit dem MAK, dem Kunstgewerbemuseum. Es verfügt über eine einzigartige Sammlung von angewandter Kunst, Design, Architektur und Gegenwartskunst, welche in über 150 Jahren entstanden ist. Da das Museum erst um 10.00 Uhr seine Tore öffnet, bleibt genügend Zeit für eine Eierspeise, eine Semmel mit Butter und Käse und eine Melange.

Dann bringt sie die U-Bahn einmal mehr zum Schwedenplatz. Ein kurzer Spaziergang und sie stehen vor dem Museum am Stubenring. Imposant präsentiert sich der rot-weisse Bau.

Kurze Zeit später betreten sie die Säulenhalle. Der Anblick des zweistöckigen Raumes mit seinen unzähligen Säulen und Bogen, reich verziert im florentinischen Renaissance-Stil, verschlägt ihnen die Sprache. Sie erfahren, dass der Raum auch gemietet werden kann und stellen sich vor, wie es wäre, sich hier fürstlich verwöhnen zu lassen.

Elena besinnt sich, weshalb sie diese Reise nach Wien unternommen hat. Alleine ist sie angereist. Im Gepäck alle Wohnadressen ihrer Grosseltern, die in dieser Stadt gelebt haben. Ihren Grossvater Nikolaus hat sie nie kennengelernt, ihre Grossmutter Alice jedoch hat ihr viel über ihr Leben hier erzählt. Nach einem Besuch bei der zweiten Ehefrau ihres Grossvaters, deren Tochter und Grosskind besitzt Elena weitere Puzzleteile über ihre Ahnen.

Vor allem Nikolaus' Überzeugung, das uneheliche Kind von König Nikola I zu sein, hat dabei im Vordergrund gestanden. Und mit dieser Überzeugung ist Elenas Idee einhergegangen, demzufolge ebenfalls eine Adelige zu sein, eine Principessa di Montenegro.

Elena steht in der Säulenhalle. Ja, das wäre der geeignete Ort, um als Prinzessin empfangen zu werden, um eine rauschende Ballnacht zu erleben.

«Ist da noch jemand zuhause?»

Elena schreckt aus ihren Gedanken, als Christian sie sanft am Arm schüttelt. Kurz erzählt sie ihm ihren Tagtraum. Beide müssen lachen.

Sie besuchen die Ausstellung «Sitzen 69» und können sich kaum satt sehen ob den vielen originellen Sitzmöglichkeiten von damals. Besonders angetan haben es ihnen die Stuhl-Schattenbilder. Links und rechts an den Wänden sind diese angebracht. Wenn man durch den Gang läuft, entsteht ein faszinierendes Erlebnis. Aber auch den orangen Sessel, welcher einem Kussmund ähnelt, betrachten sie genau. Elena fragt sich, wie jemand, der sich da hineingequetscht hat, je wieder rauskommen mag.

Obwohl Elena keine ausgesprochene Klimt Bewunderin ist, beeindrucken sie die Entwurfszeichnungen für den Mosaikfries im Speisesaal des Brüsseler Palais Stoclet. Vor allem der Entwurf «Baum» berührt sie. Schlicht, golden, ab und an weisse und schwarze Farbtupfer. Und mitten drin ein grosser schwarzer Vogel, der keck in die Welt schaut.

Christian zieht es in die Ausstellung made4you. Diese umfasst beinahe hundert Designbeispiele, welche zukunftsorientierte soziale, ökologische und kulturelle Innovationen aufzeigen. Im Prospekt werden die sechs Alltagsthemen erläutert:

«Wie bewegen wir uns in Zukunft fort? Wie smart sind Technologien von morgen? Was bereitet uns weiterhin Freude? Was erleichtert uns Arbeit und Alltag? Wie schaffen wir ein

Gesundheitssystem für alle? Was sichert unser (Über-)Leben?»

Da findet sich ein Lawinenverschüttete-Suchgerät, ein Konzept für ein Spiel mit selbstlernenden Roboterkäfern oder ein Notebook im Retrolook, welches einem suggeriert, auf einer Schreibmaschine zu schreiben.

Sie gelangen in den Museums-Shop und kommen aus dem Staunen nicht mehr raus. Von vielen einheimischen wie auch internationalen Künstlerinnen und Künstlern entworfene Objekte in jeder erdenklichen Preislage liegen zum Bewundern und Kaufen bereit. Wunderschön gearbeitete Keramiken, Stoffe, Erfindungen und Spinnereien. Elena und Christian kaufen sich zwei rot-weiss gestreifte Teetassen in dreidimensionaler Blütenform. Dazu im selben Design die Teekanne, diese jedoch schwarz-weiss.

Es regnet immer noch. Es wird also keine Siesta im nahe gelegenen Stadtpark geben. Aber eine Currywurst mit einer frischen Semmel und einem Almdudler. Elena schickt einen Gruss an ihre beiden Kinder mit einem Bild der Flasche und schreibt dazu:

«Was trinke ich?»

Ihre Kinder haben dieses Getränk geliebt und in Unmengen getrunken, wenn sie Wien besucht haben.

Eigentlich haben sie noch die Secession besuchen wollen. Da ist Elena nämlich noch nie gewesen. Aber schon oft daran vorbeigefahren. Die goldene Blätterkuppel, welche liebevoll «Goldenes Krauthappel» genannt wird, ist von weit her zu sehen. Es wurde 1897 von Gustav Klimt als neue Wiener Kunstvereinigung gegründet. Elena will schon lange einmal ihre Hand auf die Eidechse legen, gleich bei der Eingangstür des Museums. So wie es Alma Mahler-Werfel immer gemacht habe, wie Elena aus dem historischen Roman über diese musisch höchst begabte Frau entnommen hat.

Christian ist jedoch kunstgesättigt und möchte lieber etwas anderes unternehmen.

«Komm, wir schauen uns «Den dritten Mann» an, schlägt Elena vor. «Im Burg Kino, einem der weltweit ältesten Kinos in Betrieb, zeigen sie ihn mehrmals in der Woche.»

Gesagt getan. Vor dem Kino angekommen, lösen sie ihr Ticket und betreten den Kinosaal, welcher vollkommen in Rot ausgekleidet ist. Sie lassen sich in die Samtpolster fallen. Sie fallen tief, so tief, dass sie glauben, die Sprungfedern am Po zu spüren.

Der Film ist einmal mehr grandios.

Nach knapp zwei Stunden stehen sie wieder draussen. Es hat aufgehört zu regnen. Deshalb beschliessen sie, einen kurzen Spaziergang zu machen. Bald sehen sie die Oper und gehen Richtung Karlskirche weiter. Kurze Zeit später stehen sie vor der Secession. Für die Ausstellung sind sie nicht mehr zu haben. Elena steigt jedoch die Stufen hoch. Nach kurzem Suchen hat sie es gefunden. Mit geschlossenen Augen legt sie ihre Hand auf die Eidechse und fühlt sich eins mit dieser Stadt, ihrer Vergangenheit und Gegenwart.

Es ist ihr letzter Abend. Elena und Christian überlegen, wie sie ihn erleben möchten. Eigentlich sind sie müde. Müde vom Tag, müde von der ganzen Reise. Zufrieden, reich erfüllt, aber müde. Sollen sie sich einfach von einem Verkaufsstand etwas holen und in ihrer Wohnung essen? Oder sollen sie noch einmal losziehen? Sie setzen sich in eine Bar und bestellen sich einen Gin Tonic. Langsam kehren die Lebensgeister zurück. Nein, sie wollen noch nicht zurück, wollen noch einmal gemütlich essen gehen.

Hand in Hand spazieren sie zum Rathaus. Langsam füllt sich der Platz und die Sitzgelegenheiten vor den Ständen.

«Wollen wir hier etwas essen?», fragt Christian.

«Eine schöne Idee», bekommt er zur Antwort.

«Aber weisst du was, ich lade dich zu diesem letzten Abend richtig schick ein, sollten sie drüben im Restaurant neben dem Burgtheater noch einen Platz frei haben für uns.»

Sie haben. Elena und Christian erleben einen kulinarischen Höhenflug. Sie bestreichen das noch ofenfrische, selbstgemachte Brot mit den Sonnenblumenkernen mit gesalzener Butter, um es dann in Olivenöl und einen göttlichen Aceto zu tunken. Eine Geschmacksexplosion in ihren Gaumen. Auch die Fischsuppe und die Entenbrust sind von erlesenem Geschmack. Und all dies in diesem wunderschönen Saal mit den Stuckaturen und Wandmalereien. Wohlig seufzen die beiden.

Elena und Christian verzichten auf eine Nachspeise und verlassen das Lokal. Sie sind zufrieden und glücklich. Vor dem Rathaus genehmigen sie sich zusammen eine Portion Kaiserschmarrn und einen Espresso, dann kehren sie zurück in ihre Wohnung und fallen in einen traumlosen Schlaf.

Katharina wachte frühmorgens auf. Vollkommen orientierungslos setzte sie sich auf. Wo war sie bloss? Sie blickte sich um. Immerhin beruhigend, da lag ihr Mann, selig vor sich hinschlummernd. Sie hatte ihn gar nicht ins Bett kommen gehört. War wohl wieder eine lange Tanzveranstaltung gewesen.

Auf dem Nachttisch lagen Streichhölzer. Geschwind zündete sie die danebenstehende Kerze an. Im Schein der Flamme machte sie einen

Ohrensessel aus. Er wirkte gemütlich, war aber reichlich abgeschossen, die Farbe ein undefinierbares Gemisch zwischen senfgelb und grau. Daneben eine Ständerlampe mit olivgrünem Lampenschirm. Auf der Tapete machte sie ein Ornament mit in sich verschlungenen Veilchen aus, irgendwo blubberte ein Ofen.

Katharina wischte sich über die Augen. Das konnte nicht sein. Weshalb lag sie nicht im weichen Bett im luxuriösen Hotelzimmer des Meissl und Schadn?

Mit einem Schlag war sie hellwach. Sie wohnten nicht mehr im Hotel. Trotz der Anstellung ihres Mannes war das Zimmer auf die Dauer viel zu teuer. Sie mussten sich auf die Suche nach einer neuen Bleibe machen. Das war enorm schwierig. Denn Wiens Einwohnerzahl wuchs durch die vielen Zuwanderer rapide. So landeten sie in einer möblierten Zimmer-Küche-Wohnung mit Plumpsklo *und einem Wasserhahn für alle Mieter*innen im Gang ausserhalb des Gürtels in einer Mietskaserne. In dieser galt – wie in vielen anderen auch – die Devise: So viele Wohnungen wie möglich auf so engem Raum wie möglich zu schaffen. Von aussen waren diese Häuser gar nicht so hässlich anzuschauen, sie wurden mit Fassadenornamenten verziert. Doch wie es drinnen ausschaute, war den Bauherren egal.*

Katharina schlug die schwere Steppdecke zur Seite. Ein Geruch nach Seife und Kohl schwebte in der Luft. Ihre Augen hatten sich an das spärliche Licht gewöhnt. Langsam durchlief sie das kleine Zimmer, bis sie vor einem weiteren Bett stehen blieb. Darin schliefen ihre drei Buben. Katharina traten Tränen in die Augen.

Ganz langsam begriff sie, dass nun das richtige Leben begonnen hatte. Sie begriff, wie klein ihre

Welt am Hofe von Nikola dem I. von Montenegro gewesen war. Klein, vertraut. Sie musste dort hart arbeiten. Das Leben einer Köchin am Hofe war kein Zuckerschlecken. Und auch in den Stunden im Gemach des Monarchen von Montenegro wurde ihr oft übel, wenn sie sich dem alten Mann hingeben musste. Trotzdem ging das wirkliche Leben an ihr vorbei. Der Krieg, die Wohnungsknappheit, die Angst, hungrige Mäuler nicht stopfen zu können.

Zurück in Wien, konnten sie mit Hilfe ihrer Juwelen in ein adrettes Hotel ziehen. Alles schien möglich. Ihr Mann erhielt sogar eine Anstellung. Und nun waren sie hier. Zu fünft in diesem Raum. Hoffnungslosigkeit überschwemmte Katharina.

Leise strich sie jedem Kind sacht übers Haar. Dem ältesten, Karl. Seine blonden Haare kringelten sich im Nacken. Noch ein paar Tage, dann würde er eingeschult werden. Während er sich diebisch darauf freute, bangte sie auf diesen Tag. Viele unbeantwortete Fragen schwirrten in ihrem Kopf. Wie würde Karl sich behaupten? Er war sehr scheu, schaute lieber auf den Boden, denn den anderen in die Augen. War verträumt, oft mit den Gedanken im Irgendwo.

Hans, ihr Sandwich-Kind, hatte den Daumen in den Mund geschoben. Eine Angewohnheit, die er trotz seiner vier Jahren einfach nicht ablegen konnte. Er war ein einfaches Kind. Immer gut gelaunt, fröhlich, hilfsbereit. Mit seinen grossen, blauen Augen schaute er unverfroren ins Leben. Um ihn machte sie sich keine grossen Sorgen, er würde seinen Weg gehen.

Nikolaus lag bei den Füssen seiner Brüder. Auf dem Rücken, Arme und Beine weit von sich gestreckt. Er unterschied sich deutlich von den anderen beiden. Braunes, gerades Haar, dunkle Augen, die oft sanft dreinblickten. In letzter Zeit jedoch entdeckte Katharina noch andere Züge an ihm. Die gefielen ihr nicht. Das Kind konnte charmant wie kein anderes sein. Es verströmte dann einen Liebreiz, dass alle es liebhaben mussten. Es konnte aber auch anmassend sein, überheblich. Noch so klein, wurde dann aus Nikolaus ein kleiner Tyrann, der seinen Willen durchsetzen musste. Katharina dachte in diesen Momenten an Nikola von Montenegro und ihr schien, als hätte ihr Kind viele Eigenschaften von seinem Vater geerbt.

«Was grübelst du herum? Komm zurück ins warme Bett, meine Liebe.»
Katharina riss sich vom Anblick ihrer schlafenden Kinder los. Behände schlüpfte sie zu ihrem Mann unter die Decke, schmiegte sich an ihn, roch seinen Duft und fühlte sich ein kleines bisschen daheim. Bald schon ertönten

gleichmässige Atemzüge, er war wieder eingeschlafen.

Basel Bahnhof SBB. Der Nachtzug hat Elena und Christian wieder sicher und bequem nach Hause gebracht. Mit dem Drämmli, wie die Basler Bevölkerung liebevoll ihre Strassenbahnen nennen, dauert es nicht lang, dann wären sie wieder daheim. Sie nehmen das gelbe Drämmli mit der Nr. 11. Bei der Haltestelle Marktplatz schauen sie sich an. Ohne ein weiteres Wort stehen beide gleichzeitig auf und steigen aus. Überqueren die Tramschienen.

Sie steigen die Treppen hoch in den ersten Stock und sind überglücklich, dass sie einen freien Fensterplatz finden. Das Ambiente im alten Kaffeehaus lässt nichts zu wünschen übrig. Holzvertäfelung mit eingelassenen Spiegeln, Bistrotische mit marmornen Platten, grüne

Polsterkissen. Da vergisst man leicht, dass man ja gar nicht mehr in Wien ist. Beide bestellen sich ein Gipfeli und natürlich eine Melange. Sinnierend und in Gedanken verloren blicken sie auf das Markttreiben unter ihnen und auf das imposante Rathaus.

Etwas später stehen sie wieder auf der Strasse. Wollen sie noch schnell etwas einkaufen oder vielleicht doch lieber zuerst in ihre Wohnung und später im Quartierladen ihre Einkäufe tätigen? Sie entscheiden sich für letzteres.

Bald schon kommt der nächste 11er. Elena und Christian fahren damit zur Schifflände, erahnen den Rhein, fahren weiter ins St. Johann Quartier, auch Santihans genannt. Am Voltaplatz steigen sie aus. Ein lang gehegter Wunsch ist für Elena vor einem Jahr in Erfüllung gegangen. Sie hat hier eine gemütliche Wohnung gefunden, die auch bezahlbar ist

Bis vor kurzer Zeit wäre das noch kein Problem gewesen. Die Gegend war günstig, etwas heruntergekommen, ein bisschen trostlos. Elena erinnert sich gut daran, wie ihre Freundin im zarten Alter von 20 Jahren in der Nähe des Voltaplatzes gehaust hat: Es gab eine uralte Küche und ein Zimmer. Die Gemeinschaftstoilette befand sich im Gang, ein Bad gab es nicht. Dafür eine kupferne Wanne. Diese wurde bei Bedarf vom Balkon, auf welchem noch knapp ein Stuhl Platz fand, geholt und in der Küche platziert. Danach mit warmem Wasser gefüllt.

An und für sich hat es nur einen – doch sehr triftigen – Grund gegeben, in diesem Loch zu leben: Die Wohnung war spottbillig, die Freundin knapp bei Kasse, also eine Win-Win-Situation.

Heute ist es «in», rund um den Voltaplatz zu wohnen. Die Preise sind nach den Renovationen der Innenräume in die Höhe geschnellt. Neubauten sind dazugekommen, die – zumindest für Elena – unbezahlbar sind.

In ihrer Wohnung im 3. Stock schwer schnaufend angekommen, stellen Christian und Elena ihre beiden Koffer in eine Ecke. Sie würden diese später auspacken. Waschen müssen sie zum Glück kaum etwas, denn in der Wohnung, welche Elena für drei Wochen in Wien gemietet hat, hat es eine Waschmaschine gegeben, eine tolle Sache.

Die beiden schnappen sich zwei Taschen und laufen die vielen Stufen im engen Treppenhaus wieder hinunter. Im kleinen Mini-Market, den sie ins Herz geschlossen haben, finden sie alles, was sie im Moment brauchen.

Auf dem Heimweg kommen sie an einem Haus vorbei. Drei Stockwerke, ein kleiner Vorgarten, Spielsachen, kunterbunt verstreut. Die Fassade könnte einen Neuanstrich gebrauchen.

«Weisst du, Christian, die Welt ist schon klein. Hier ist mein Vater aufgewachsen Bei seinen Grosseltern. Seine Mutter hat ihn bei ihnen gelassen, als alle Welt von einem erneuten Weltkrieg gesprochen hat. Sie selber ist zurück nach Wien gegangen, weil sie die österreichische Staatsbürgerschaft mit ihrer Heirat erhalten hatte. Hierher ist meine Grossmutter zurückgekehrt, als ihr Mann sie einmal zu viel betrogen hatte. In zwei verschiedenen Wohnungen und doch ganz nah beieinander haben sie alle gelebt. Mich macht meine Familiengeschichte immer etwas wehmütig. Hätt' noch so viele Fragen. Und nun wohne ich ebenfalls in dieser Gegend. Keine fünf Minuten entfernt. Schon verrückt, findest du nicht?»
Christian lächelt sie liebevoll an. So ganz kann er ihren Gedanken und Gefühlen nicht folgen, die

wieder einmal umhersprudeln wie in einem Whirlpool. Es ist doch bloss ein Haus.

Daheim angekommen, räumen sie ihre Einkäufe ein, packen die Koffer aus und machen es sich gemütlich. Sie plaudern über ihre Ferien, schwelgen in Erinnerungen.

Dann verstummt Elena. Verträumt sitzt sie da, schaut ins Nirgendwo. Dann platzt es aus ihr heraus:

«Ich muss nach Paris. Ganz schnell. Ich muss es einfach versuchen. Muss versuchen, Nikola II, den Urenkel von König Nikola I von Montenegro ausfindig zu machen. Vielleicht gelingt es mir, eine Audienz zu erhalten. Vielleicht gefällt ihm ja unsere Familiengeschichte und er ist mit einer DNA-Probe einverstanden. Und wenn nicht, finde ich bestimmt einen Weg, wie ich an ein Haarbüschel von ihm rankomme.»

Katharina konnte nicht wieder einschlafen. Zu viele Gedanken schwirrten in ihrem Kopf herum. Sie musste hier raus. Sie musste es schaffen, dass ihre Familie wieder ein schönes Zuhause hatte. Sie besass ja noch Juwelen. Doch hatte sie keine Ahnung, wem sie diese verkaufen könnte. Sollte sie vielleicht noch einmal zum Stephansplatz fahren und den Kutscher suchen, dem sie schon einmal Schmuck unter der Hand verkauft hatte?

Sie wurde in ihrem Gedankengang unterbrochen, denn ihre Familie erwachte und mit ihr das ganz grosse Chaos.

«Mama, wo kann ich mich waschen?»

«Mama, ich hab' Hunger.»

«Mama, Nikolaus ist garstig, er hat meine Hose unter das Bett geworfen.»

«Mama, das Klo ist eklig, da will ich mich nicht draufsetzen.»

«Mama, ich will zurück ins Hotel.»

Gefühlte tausend Dinge wollten gleichzeitig in Ordnung gebracht werden, Dinge, welche bis gestern noch andere für sie erledigt hatten. Und dann diese Enge. Zu fünft hatten sie kaum Platz in ihrer Mini-Wohnung.

Katharina schickte ihren Mann zum Einkaufen. Dieser maulte. Er müsse gleich zur Arbeit ins Hotel, sein Klavier würde heute gestimmt, er würde also erst spät abends wieder daheim sein. Er hätte noch einen langen Weg vor sich bis in die Innenstadt, wisse auch gar nicht, wo er eine Bäckerei finden würde. Sie hätte ja den ganzen Tag Zeit, um sich ab sofort als gute Hausfrau und Mutter zu beweisen. Und fort war er.

Katharina half ihren drei Jungs, sich anzuziehen. Zog Karls Hose unter dem Bett hervor, ermahnte streng ihren Jüngsten. Sie schickte jeden einzelnen aufs Klo und befahl ihnen, sich danach auch ja die Hände im Gang zu waschen. Widerwillig befolgten die drei, was ihnen ihre Mutter aufgetragen hatte.

Gemeinsam verliessen sie die Wohnung und traten vor die Haustüre. Die Hoffnung, dass um die Ecke sicher ein Lebensmittelladen mit wunderbar duftenden Brötchen zu finden sei, verflüchtigte sich rasch. Da war nichts. Ziellos durchliefen sie die schmutzigen Gassen. Katharina hoffte inständig, dass sie den Nachhauseweg wieder finden würde und merkte sich alle Strassennamen.

Nach einer Ewigkeit entdeckten sie eine Menschenmenge. Manierlich standen sie alle in einer schier unendlichen Schlange. Es duftete nach Brot. Katharina stellte sich mit ihren Kindern zuhinterst an, kramte in ihrer Tasche, fand einige Münzen darin, blickte hoffnungsvoll nach vorne.

Nach einer Stunde Warterei wurden aus ihren braven Buben aufsässige und miesepetrige Kinder.

«Mir tun die Füsse weh, wie lange dauert das denn noch?»

«Ich habe Hunger, hörst du nicht meinen Magen knurren?»

«Mir ist langweilig, ich will Papa bei der Arbeit zusehen, das ist immer lustig.»

«Mama, wir wollen hier nicht mehr warten, hol uns endlich etwas zu essen.»

Die Frau in der Schlange vor ihr drehte sich zu Katharina um.

«Sie sind wohl neu hier? Ich habe Sie auf jeden Fall noch nie gesehen.»

«Ja,» erwiderte Katharina, «ich weiss gar nicht, was mich erwartet, weiss nicht, wie ich zu Lebensmitteln komme. Bislang haben wir in einem Hotel gelebt, in welchem mein Mann als Musiker

arbeitet. Da haben wir immer ein anständiges Mahl auf dem Tisch gehabt.»

«Haben Sie denn Lebensmittelkarten?», erkundigte sich die Frau.

Katharina schüttelte den Kopf. Die Frau erklärte ihr dann, dass es ohne eine Lebensmittelkarte keine Essensausgabe geben würde. Zu Beginn des Krieges hätte es nur eine solche Karte für Fleisch gegeben, welches rationiert werden musste. Darauf folgten Brot, Zucker und Kaffee, Milch, Fett und schlussendlich auch noch die Kartoffeln. Die Karten bekäme Katharina auf dem Bezirkswirtschaftsamt beim Rathaus.

Fassungslos stand Katharina da. Sie vergass, sich bei der netten Dame zu bedanken, rief ihre Kinder zu sich, nickte kurz und ging davon. Sie setzte sich auf ein Mäuerchen. Die Buben wagten es nicht mehr zu quengeln. Ein Blick in das verschlossene Gesicht ihrer Mutter riet dazu, ganz still da zu stehen und auf das Kommende zu warten.

Katharina brauchte zehn Minuten. Dann stand ihr Entschluss fest. Sie schaute ihren Jungs tief in die Augen und eröffnete ihnen, dass sie nun in die Innenstadt spazieren würden. Sie hätte keine Ahnung, wie lange es dauern würde. Auch nicht, ob sie vielleicht einen Teil der Strecke mit der Strassenbahn fahren könnten. Was sie aber mit Sicherheit wüsste, sei, dass ihre Kinder brav und artig sein und ohne zu mucksen mitkommen würden.

Sie mussten sich durchfragen. Der kleine Nikolaus konnte sich kaum mehr auf seinen Beinchen halten, musste immer wieder getragen werden. Nach einer guten Stunde erreichten sie den inneren Gürtel von Wien. Von dort brachte sie eine

Strassenbahn innerhalb weniger Minuten zum prachtvollen Rathaus. Katharina war nicht erstaunt, auch dort eine lange Menschenschlange vorzufinden. Ergeben stellte sie sich an.
Es war bereits weit nach Mittag, als Katharina ihre Lebensmittelkarten endlich in Händen hielt. Triumphierend hielt sie sie in die Höhe, die Kinder jauchzten froh. Schnell war die Euphorie jedoch zu Ende. Alle vier wussten zu genau, was nun folgen würde: Den Rückweg antreten und beim Lebensmittelladen erneut anstehen.

In Katharina regte sich der Stolz. Nein, das würde sie sich und den Kindern nicht antun. So konnte nicht mit ihnen umgesprungen werden. Sie motivierte die drei so gut sie konnte und lief erneut los. Sie alle waren jedoch zu müde, um den Spaziergang an den schönen Gebäuden entlang geniessen zu können. Erschöpft kamen sie endlich im Hotel Meissl & Schadn an. Katharina erklärte ihren Kindern, dass ab jetzt der Papa für sie zuständig sei. Sie hätte eine wichtige Mission zu erfüllen. Nein, sie beantworte keine Fragen, die Knaben sollten nun einfach zum Vater gehen und nicht vergessen, vorher einen Abstecher in die Küche zu machen. Das hätten Karl, Hans und Nikolaus bestimmt nicht vergessen, so hungrig waren sie mittlerweile. Sie fassten sich an den Händen und stapften, ohne sich noch einmal umzudrehen, die Hoteltreppe empor.

Zehn Minuten später stand Katharina vor dem Stephansdom.

Christian kann sich ein Lachen nicht verkneifen.

«Oh du meine Wundertüte. Hast du mir nicht vor einigen Tagen in Montenegro erzählt, dass du nicht weiter recherchieren willst? Dass du keine genetischen Beweise mehr brauchst, dich auch so als Prinicipessa di Montenegro fühlst? Aber weisst du was, ich bin froh, hast du dich umentschieden. So kenne ich dich, so liebe ich dich. Und wenn du mich mitnimmst, bin ich gerne mit von der Partie.»

Elena greift zu ihrem Notebook, gibt ein paar Begriffe ein, speichert ein paar Seiten ab, macht sich Notizen, lässt französische Texte durch eine Übersetzungsmaschine laufen. Nach einer guten Stunde Arbeit, in welcher sie weder gemerkt hat, dass Christian ein Nickerchen gemacht hat, noch, dass er sich nun um ihr leibliches Wohl bemüht, hat sie einiges über den Urenkel vom letzten König von Montenegro, von Nikola I. zusammengestellt:

«Prinz Nikola Petrovic-Njegoš wurde am 7. Juli 1944 in Saint-Nicolas-du-Pélem in der Bretagne geboren. 1964 studierte er in Paris Architektur. Er schloss sein Studium fünf Jahre später mit einem

Bachelor of Arts ab und arbeitete als freier Architekt.

Seit seiner Jugend engagierte er sich für den Umweltschutz in der Bretagne, aus der seine Mutter stammt.

Nach dem Anschluss Montenegros an Serbien besuchte Prinz Nikola anlässlich der Rückführung der Leichen seiner Urgrosseltern König Nikola I und seiner Frau Milena, welche im Exil gestorben waren, sein Heimatland Montenegro. Inspiriert von diesem Ereignis und kurz nach dem Fall der Berliner Mauer gründete und leitete er über zehn Jahre die Biennale für zeitgenössische Kunst in Cetinje, der früheren Hauptstadt Montenegros.

Nach Beginn des Jugoslawienkonflikts und nachdem er am Tag nach der ersten Bombardierung von Dubrovnik zum Frieden aufgerufen hatte, gründete Prinz Nikola die Vereinigung IZBOR (Rechtsschutz für Opfer ethnischer Diskriminierung im ehemaligen Jugoslawien) und übernahm den Vorsitz.

Er setzte sich aktiv für die Förderung eines ökologischen Staates ein, so wie es in der Verfassung von Montenegro verankert ist.

Fünf Jahre nach der Unabhängigkeit Montenegros wurde Prinz Nikola der Vorsitzende der Petrovic-Njegoš-Stiftung. Sie hat einen dreifachen Tätigkeitsbereich: Solidarität, Ökologie und kulturelles Erbe. Die Stiftung hat bis jetzt mehr als 200 Projekte in Montenegro unterstützt und begleitet.

Nikola Petric-Njegoš ist der Thronanwärter auf den Thron von Montenegro. Traditionisten und Monarchisten nennen ihn «Seine Königliche Hoheit König Nikola II von Montenegro».

Es duftet verführerisch aus ihrer Küche. Elena streckt sich. Wie von Geisterhand geführt, steht Christian hinter ihr und massiert leicht ihre Schultern. Wohlig geniesst sie die Berührungen und schliesst ihre Augen. Alsbald hält sie ein kühles Glas Weisswein in ihrer Hand. Einen Petite Arvine, einer ihrer Lieblingsweine, wenn es denn einer aus dem Kanton Wallis sein darf.

Kurze Zeit später sitzen die beiden vor einem Käse-Fondue mit viel Knoblauch, das muss sein. Kulinarisch sind sie wieder in der Schweiz angekommen. Elenas Gedanken jedoch fliegen in die Ferne. Sie liest ihrem Freund alles vor, was sie sich notiert hat. Leichter Schwindel erfasst sie.

«Weisst du was, Christian? Sollte mein Grossvater recht haben und er ist wirklich ein uneheliches Kind von König Nikola I, dann wäre ja mein Vater, lass mich überlegen, ja, dann wäre

mein Vater der Onkel von Prinz Nikola, oder, wie
ihn die Monarchisten nennen, von König Nikola II.
Und ich? Ich wär' dann wohl seine Cousine.»

*Katharina lief zu den Fiakern hinter dem
Stephansdom. Die Kutscher standen daneben,
einige unterhielten sich miteinander. Katharina hielt
Ausschau. Ausschau nach einem ganz speziellen
Kutscher. Sie umrundete einmal die grosse Kirche,
tat möglichst unauffällig.*

*Sie fiel aber trotzdem auf. Als sie wieder bei den
Kutschen vorbeilief, hielt sie ein Mann am Arm fest.
Sie wollte sich losreissen, hatte keine Chance. Ein
zweiter Mann kam hinzu, ein dritter:*

«Was willst du hier?»

«Was schnüffelst du hier herum?»

«Mach, dass du hier wegkommst, aber schnell!»

*Die Männer schubsten Katharina vom einen
zum andern. Panik stieg in ihr hoch.*

So schnell wie die Männer gekommen waren, so schnell waren sie wieder verschwunden. Verwundert schaute sich Katharina um. Vom Stephansplatz herkommend machte sie zwei Ordnungshüter aus. Deswegen hatten die Männer von ihr abgelassen. Sie wollte aber auch keineswegs erklären müssen, was sie hier tat. Sie raffte ihre Kleider zusammen und machte sich schnell davon.

Hungrig, müde und vollkommen verstört machte sich Katharina auf den Weg ins Hotel Meissl & Schadn. Obwohl nur eine kurze Strecke, kam sie ihr wie eine Ewigkeit vor.

Bevor sie das Hotel betrat, schaute sie an sich hinunter. Erleichtert stellte sie fest, dass ihre Kleidung vom Angriff der Männer keinen grossen Schaden erlitten hatte. Einzig an einem Ärmel war der Stoff leicht zerrissen. Das liesse sich gut flicken.

Schnell strich sie durch ihr Haar, ordnete die Schleife an ihrem Kleid und wollte den Fleck auf ihrer Hand mit Spucke wegwischen. Vor Schmerz schrie sie auf. Der Schmutzfleck erwies sich als Hämatom. Er würde sie noch eine Zeitlang sichtbar an das Erlebte erinnern. Unsichtbar, in ihrer Seele begraben, würde sie es nie wieder vergessen können. Nie wieder würde sie sich einer solchen Gefahr aussetzen, nie wieder würde sie ihren Schmuck auf diese Art und Weise verkaufen. Es schüttelte sie. Tränen rannen über ihre Wangen. Energisch wischte sie diese weg. Es würde sich ein anderer Weg auftun, es musste einfach. In diesem Loch wollte sie nicht wohnen bleiben. Zuerst aber musste sie etwas zu essen bekommen.

Katharina öffnete die Eingangstür des Hotels, betrat die elegante Eingangshalle. Leise Musik begrüsste sie. Sie kannte den Weg bis zum Saal nur zu gut. Sie fand alle vier im Saal. Ihr Mann sass mit verträumtem Ausdruck am Klavier. Was er da spielte, könnte Mozart sein, dachte Katharina. Die beiden älteren Buben spielten ein Kartenspiel, sie achteten nicht auf die Eintretende.

Nikolaus, welcher neben dem Vater auf dem Klavierhocker gesessen hatte, rutschte behände von eben diesem und lief zu seiner Mutter. Erschrocken sah er sie an. So hatte er sie noch nie gesehen. Aufgelöst, den Tränen nahe, mit zerzaustem Haar. Schnell verliess er den Saal, um genauso schnell wiederzukehren, mit einem Stück Brot in seinen kleinen Händen. Woher er es hatte? Es war Katharina zu jenem Zeitpunkt vollkommen egal. Sie biss in den schon harten Ranft und hätte schwören können, noch nie etwas Köstlicheres gegessen zu haben.

Endlich öffnete er seine Augen. Er wollte Katharina schon ausschimpfen, ihr vorhalten, was sie sich eigentlich gedacht hätte, einfach die Kinder bei ihm abzuliefern. Das hätte mächtig Ärger geben können. Zum Glück sei heute niemand von der Chefetage im Hotel. Ihr Blick liess ihn jedoch sofort verstummen. Er strich ihr übers Haar und nahm sie in die Arme.

«Ist ja gut, ist ja alles gut,» murmelte er.

Am nächsten Tag fühlt sich Elena frisch und munter. Sie freut sich darüber, dass sie noch drei Tage frei hat, bevor die Schule wieder beginnt. Zwar muss sie noch einiges vorbereiten. Doch wird genügend Zeit bleiben, um sich dem Projekt Nikola II zu widmen.

Elena öffnet erneut ihr Notebook.

«Da muss doch noch mehr zu finden sein», geht ihr durch den Kopf und sie gibt alle möglichen und

unmöglichen Suchkriterien in den Rechner ein.
Endlich hat sie Erfolg. Prinz Nikola II hat tatsächlich eine Facebookseite. So steht es zumindest im Internet. Elena versucht ihr Glück. Keine Chance. Es tut sich nichts.

Im Nachhinein könnte sie nicht mehr sagen, welche neue Variante sie gewählt hat. Doch plötzlich ist sie drin. Sie schaut sich sein Anzeigebild genau an. Er sieht gut aus, interessant, wissbegierig und offen. Das Hintergrundbild zeigt den königlichen Palast. Es ist noch nicht viele Tage her, seit Elena genau dort vor diesem Haus mit den roten Mauern gestanden hat.

Schnell drückt sie beim Profil auf «Folgen». Soll sie dem Prinzen auch gleich eine Nachricht schreiben? Sie wagt es nicht. Noch nicht, wie sie sich einredet. Sie muss sich erst Notizen machen. Reiflich überlegen, was und vor allem wie sie Nikola schreiben soll. Schon mit der Anrede beginnen die Probleme. Sollte sie «Ihre Königliche Hoheit schreiben»? «Sehr geehrter Herr Petric?» oder «Lieber Nikola»?

Und dann? Wie kann sie ihr Anliegen vorbringen? Weiss sie eigentlich selber, was genau sie sich wünscht?

Elena surft weiter. Eine gute Stunde später hält sie ein weiteres Puzzlestück in ihren Händen. Sie hat herausgefunden, wo der zukünftige König von Montenegro wohnt. Oder wo er zumindest mal gewohnt hat. Es ist eine Banlieue von Paris. Eine Adresse ist nicht zu finden, vielleicht könnte sie zuallererst einen Brief schreiben? Den könnte sie dann an die Mairie des Vororts schicken mit der Bitte, den Brief weiterzuleiten.

Elena holt sich Block und Bleistift und beginnt zu schreiben:

«Sehr geehrter Herr Petric-Njegoš

Ich hoffe, Sie empfinden es nicht als einen Einbruch in Ihre Privatsphäre, dass ich Ihnen diesen Brief schreibe. Gerne möchte ich Ihnen erklären, weshalb: Meinen Grossvater habe ich nie kennengelernt. Er hat jedoch meiner Grossmutter immer erzählt, dass seine Mutter Köchin am Hofe von Montenegro zur Zeit von König Nikola I gewesen sei. Weiter hat er erzählt, dass seine Mutter Katharina auch die Maitresse vom Monarchen gewesen sei und dass aus dieser Liaison ein Kind entstanden sei. Nikolaus, mein Grossvater. Wenn ich richtig gerechnet habe, wären dann Sie und ich Cousins, mein Vater Ihr Onkel.

Und nun zu meiner grossen Bitte: Es wäre mir eine unendliche Ehre, wenn Sie mich eines Tages empfangen würden und ich Sie kennen lernen dürfte.

Auf ein Zeichen Ihrerseits wartet hoffnungsvoll
Elena»

Katharina erwachte in aller Herrgottsfrühe. Kein Wunder, fiel sie doch, nachdem sie mit den Kindern endlich in ihrer Wohnung angelangt war, bereits am frühen Abend in einen komaähnlichen Schlaf.

Sie wischte sich die Reste ebendieses Schlafs aus den Augen und setzte sich auf. Allmählich stiegen Erinnerungsfetzen vom gestrigen Tag in ihr hoch. Sie wollte diese abschütteln, es gelang ihr nicht. Immer wieder tauchten die Gesichter der drei Männer vor ihr auf, ihr hämisches Grinsen, ihre wütenden Augen.

Langsam erwachte auch der Rest der Familie. Die drei Jungs krochen ins warme Bett ihrer Eltern.
«Mama, du warst ganz schön fertig gestern Abend.»
«Mama, wir haben uns ganz allein bettfertig gemacht, toll, nicht?»
«Mama, ich habe Hunger!»

Katharina stand auf, ging in den Gang hinaus und wusch sich notdürftig. Es war ihr zuwider, hier, für jeden sichtbar, ihre Nacktheit zur Schau zu stellen. Ihre Hand tat immer noch weh, sie verfärbte sich bereits ins Violette.

Wieder in ihrer Wohnung, beschwor sie ihre Kinder, sich nicht aus diesem Zimmer zu rühren. Sie würde alleine beim Lebensmittelladen anstehen, ohne eine Ahnung zu haben, wie lange es dauern würde, bis sie wieder zurückkäme. Sie übertrug Karl die Verantwortung für seine Brüder, die er mit einem ernsten Nicken annahm. Bevor Katharina die Wohnung verliess, sah sie, wie Karl, Hans und Nikolaus emsig ihr Bett richteten. Lächelnd ging sie davon.

Und nun stand sie in der Warteschlange. Es war ihr, als wäre diese noch länger als jene von gestern. Sie wollte geduldig sein. Gedankenverloren spielte sie an ihrer Halskette herum. Sie trug sie nicht aus Sentimentalität oder gar, weil sie Gefühle für den ehemaligen Monarchen hegte. Sie trug sie, weil ihr die Schlichtheit der aus kleinen, ungeschliffenen Perlen bestehenden Kette gefiel.

«Sie stehen hier an und sind im Besitz einer solchen Kette?»

Katharina schrak auf. Der Mann vor ihr in der Reihe schaute sie freundlich an.

«Ich wollte Sie nicht erschrecken, Gnädige Frau. Darf ich mich vorstellen? Mein Name ist Wagner, Richard Wagner. Und nein, bevor Sie mich fragen, ich habe mit meinem berühmten Namensvetter nichts am Hut, bin nicht mit ihm verwandt und, ehrlich gesagt, musikalisch bin ich auch nicht.»

Katharina kicherte in sich hinein, schaute ein bisschen verlegen zu dem grossen Mann vor ihr auf. Unter seiner Hutkrempe lugten Augen, umgeben von vielen Lachfalten, hervor.

«Eine solche Kette zu besitzen, heisst noch lange nicht, Geld zu haben. Und schon gar nicht, davon satt zu werden», erwiderte sie leise und fügte hoffnungsvoll hinzu:

«Kennen Sie denn jemand, der diesen Schmuck kaufen würde?»

«Ich habe gehört, dass sie im Auktionshaus, dem Dorotheum, neu auch Schmuck annehmen,» führte Richard Wagner das Gespräch fort.

«Vielleicht versuchen Sie dort ihr Glück. Oder können Sie sich von diesem schönen Schmuck nicht trennen?»

Sie könne, meinte Katharina.

Dann war sie an der Reihe. Die meisten Regale waren leer. Ihr Herzschlag beschleunigte sich.

«Jetzt nicht schlapp machen, reiss dich zusammen, du findest bestimmt etwas für dich und deine Familie», sprach sie sich Mut zu.

Die müde Verkäuferin verlangte nach den Lebensmittelkarten. Füllte eine Tasche mit ein paar wenigen Kartoffeln, Karotten und einem halben Laib Brot. Katharina bedankte sich und schlug den Weg in ihre Wohnung ein. Ihre Wohnung auf Zeit, wie sie es für sich immer wieder betonte. Wohnung auf Zeit, Wohnung auf Zeit. Ihr persönliches Mantra.

Richard Wagner wartete auf sie, fragte sie, ob er sie nach Hause begleiten dürfe. Sie nickte stumm, nahm den dargebotenen Arm. Lange Zeit gingen sie schweigend nebeneinander her. Dann ergriff sie scheu das Wort:

«Was wissen Sie über dieses Dorodingsda? Ist das neu in Wien?»

Richard musste lächeln:

«Das Dorotheum gibt es schon lange in Wien. Ich meine, seit Anfang des 18. Jahrhunderts. Damals hiess es noch Versatzamt zu Wien. Zu Beginn wurden vor allem Kunstwerke, Bücher, Münzen und Briefmarken versteigert oder in Pfand genommen. Erst später kam Schmuck dazu. Seit wenigen Jahren ist das neue Versatzamt fertiggestellt, es befindet sich nun im alten Dorotheerkloster und hat deshalb den Namen Dorotheum erhalten.»

Katharina nickte und verfiel abermals in Schweigen.

Kurz bevor sie die Wohnung erreichten, wollte Richard wissen, ob sie denn Familie hätte. Katharina erzählte von ihrem Mann, von den drei Söhnen. Dass der jüngste der Sohn von König Nikola I von Montenegro war, verschwieg sie.

Elena liest ihren Brief Christian vor. Zuerst will sie ihn selber ins Französische übersetzen. Lässt es sein. Lässt den Text im Internet übersetzen. Einige seltsame Formulierungen kommen dabei heraus. Elena verbessert diese und beginnt, den Brief an Nikola II in ihrer schönsten Schrift aufs Papier zu bringen.

Erleichtert kommt sie beim ersten Mal fehlerfrei durch. Allerdings ist sie ab und an haarscharf daran vorbeigeschrammt, den Brief noch einmal von vorne beginnen zu müssen.

Sie unterschreibt den Brief, steckt ihn in ein Couvert und versieht dieses mit «Monsieur Nikola Petric-Njegoš, verschliesst ihn.

Es folgt ein kurzes Schreiben an die «Mairie» mit der Bitte, den beigefügten Brief weiterzuleiten.

Natürlich hat Elena mal wieder den Brief weder richtig formatiert noch den Adressaten auf die rechte Seite genomen. Im Sichtfenster des Couverts erscheint nur «Suisse». Leicht ungeduldig ändert sie alles, freut sich über das Endprodukt. Gleich würde sie den Brief zur Poststelle bringen. Sie ist aufgeregt. Ein grosses Abenteuer könnte beginnen.

Karl, Hans und Nikolaus erwarteten ihre Mutter ungeduldig. Ihre Mägen knurrten, das Alleinsein machte ihnen auch keinen Spass mehr. Katharina gab jedem ein Stück Brot und ermahnte sie, jeden Bissen zehnmal zu kauen. Sie hätten dann schneller ein sättigendes Gefühl. Die Kinder maulten. Sie wollten das Brot verschlingen, solchen Hunger hatten sie.

Gut gelaunt und etwas aufgekratzt nach dem Gespräch mit Richard Wagner, erfand Katharina ein altes Spiel für sie alle neu: Karl und Hans mussten sich vis-à-vis zueinander setzen, ebenso Katharina und Nikolaus. Weiter forderte die Regel, dass man sich in die Augen schauen musste und so lange auf einem Bissen herumkauen, bis eines von beiden lachen musste. Oft mussten sie sich zusammenreissen, dabei nicht laut herauszuprusten, so lustig hatten sie es alle zusammen. Doch dann hätten sie Brot verschwendet, was sie auf keinen Fall wollten. Katharina war es, als sei es eine Ewigkeit her, so vergnügt und ausgelassen mit ihren Buben gewesen zu sein. Sie genoss das kleine Glück.

Sie fand in der Kochecke einen Topf. Er hatte einige Dellen, war aber sauber. Das war das Einzige, was zählte, fand Katharina. Sie setzte eine Suppe auf mit Kartoffeln und Karotten. Fad würde diese werden, so ohne Salz oder anderen

Gewürzen. Doch satt würden sie heute werden. Nur das zählte.

Nachdem alles einige Zeit geköchelt hatte, stellte Katharina das Feuer ab und befahl ihren Kindern, sich anzuziehen. Sie würden heute Nachmittag einen Ausflug machen. Schnell wickelte sie zwei Schmuckstücke in ein Tuch und stopfte dieses in ihre Tasche. Sie zog die Türe hinter ihnen zu und machte sich erneut auf den Weg. Sie hatte keine Ahnung, wo das Dorotheum zu finden war, doch sie würde sich durchfragen, das hatte sie sich geschworen.

Den Weg in die Innenstadt war Katharina nun bekannt. Um den Kindern den längeren Marsch schmackhaft zu machen, spielten sie erneut ein Spiel. Sie zählten jeden Fusstritt. Beim zehnten hüpften sie jeweils in die Luft und riefen laut «Hurra». Gar manch ein erstaunter Blick traf sie, doch das störte keinen von ihnen.

An der Oper angekommen, fragte Katharina eine vornehme Dame nach dem Weg zum Dorotheum. Leicht spöttisch zog diese eine Augenbraue nach oben. Es schien, als wollte sie sagen:

«Was wollen Sie denn dort? Sie haben doch nichts!»

Die Dame beherrschte sich jedoch und erklärte ihr den Weg. Katharina jubelte innerlich, das war ja ganz nah von ihrem Standpunkt aus und ganz nah vom Hotel, wo ihr Mann sicher am Klavier sass und für den Abend übte.

Egal, die Jungs mussten halt noch einmal zu ihrem Vater. Sie konnte ja unmöglich mit ihrer Kinderschar im Pfandhaus auftauchen, um ihren Schmuck zu verpfänden.

Katharina setzte ihre Pläne in die Tat um. Bald schon stand sie vor dem schönen Gebäude.

Zögerlich öffnete sie die Türe und trat ein. Der Teppich dämpfte ihre Schritte. Sie blickte sich um. Distinguierte Damen und Herren standen herum, unterhielten sich leise. Es gab Theken, Menschen, die offenbar Kostbares hinterlegen, vielleicht sogar versteigern wollten.

Sie schloss ihre Augen. Wie ein Blitz durchzuckte es sie: Wie sollte sie erklären, von wo sie ihren Schmuck hatte? Sie, in ihrem einfachen Kleid, mit den derben Schuhen? Würde ihr jemand glauben, dass sie den Schmuck geschenkt bekommen hatte? Dass die fein eingearbeiteten Juwelen königliche Geschenke von Nikita waren?

Auf leisen Sohlen, nicht zu schnell, damit es niemandem auffiel, doch zügig verliess Katharina das Dorotheum. Draussen beschleunigte sie ihre Schritte, eilte davon.

«Na, so bleiben Sie doch stehen. Bleiben Sie doch endlich stehen!»

Er holte sie ein, war etwas ausser Atem.

Ohne ihren Schritt zu verlangsamen, schaute sie zu dem Mann an ihrer Seite. Was wollte er von ihr? Wie ein Gendarm oder ein Diener des Dorotheums schaute er nicht aus. Gerne hätte sie ihm erklärt, warum sie das Versatzhaus wieder verlassen hatte. Doch ihre Angst siegte und sie schwieg, lief einfach nur weiter.

«Ich weiss schon. Sie haben heissen Schmuck. Ist er gestohlen?»

Katharina blieb stehen. Mit einem Mal erfasste sie der helle Zorn. Nein, sie habe nichts gestohlen. Aber sie hätte Schmuck verpfänden wollen, wertvollen. Es seien Geschenke von einem reichen Mann. Doch wer würde ihr Glauben schenken? Sie sei ob ihrer eigenen Courage erschreckt und deswegen davongelaufen. Bei ihren Worten schaute sie dem anderen trotzig ins Gesicht und drückte dabei ihre Tasche fest an sich. Nein, die würde er ihr nicht entreissen.

Der Mann kritzelte schnell etwas auf ein Stück Papier und reichte es Katharina. Sie warf einen raschen Blick darauf und sah, dass es sich um eine Adresse handelte. Fragend blickte sie hoch.

«Gehen Sie zu diesem Bauernhof und bieten Sie Ihre Ware zum Tausch an. Aber lassen Sie sich nicht erwischen.»

Sprachs, drehte sich um und verschwand.

Verwirrt blickte Katharina auf den Zettel in ihrer Hand. Die Adresse war ihr gänzlich unbekannt. Hatte der Mann ihr gerade wirklich vorgeschlagen, auf dem Schwarzmarkt ihren Schmuck zu verhökern? Von eben diesem Schwarzmarkt hörten sie immer wieder munkeln. Er floriere, kam ihnen zu Ohren, man könne gute Geschäfte machen. Doch auch, es sei gefährlich, sehr gefährlich.

Katharina schüttelte energisch den Kopf und machte sich auf, ihre Kinder abzuholen.

Die Knaben sassen auf dem Boden. Zwei blonde und ein dunkler Schopf eng beieinander. Der Vater musizierte und achtete nicht auf die drei. Katharina trat näher. Bückte sich. Streichelte sanft über die Haare ihrer Buben. Nikolaus hielt ein Stück Kohle in der Hand. Katharina erspähte eine Skizze eines gut gelungenen Klaviers. Versunken war der kleine Knirps nun dabei, seinen Vater dazu zu zeichnen. Seine Brüder sahen ihm dabei zu und waren sichtlich beeindruckt.

Elena steht vor der Hauptpost. Beeindruckend die Aussenansicht, ein absolutes Highlight drinnen. Das ursprüngliche Kaufhaus ist wie eine Kirche konzipiert, mit wunderschön geschwungenen Deckenbogen. Wie aufgehängte japanische Schirme schauen sie aus. Dazu die Fenster im gotischen Stil, schlicht, unifarben. Das Wandgemälde mit den Fischern hat es Elena besonders angetan.

Sie wartet, bis ihre Nummer aufleuchtet und legt ihr Couvert und die bereits abgezählten Münzen auf den hölzernen Tresen. Es kribbelt in ihrem Bauch. Nun gibt es kein Zurück mehr.

«Guten Tag, A-Post, bitte.»

Der Mann am Schalter nickt, druckt eine Briefmarke aus, legt den Brief zur Seite und verabschiedet Elena. Frohgemut verlässt sie die Schalterhalle.

«Es kann losgehen», flüstert sie. Ein Lächeln huscht über ihr Gesicht und erhellt es.

Nach der Morgentoilette und dem letzten kleinen Rest Brotes ging es los. Katharina hatte sich am Abend vorher noch schlau gemacht und den Laufburschen des Hotels ausgefragt. Nun hatte sie eine ungefähre Ahnung, wo der auf dem Zettel angegebene Ort lag. Oh weh, das würde eine lange Reise werden. Ihr Plan ängstigte sie. Sie hatte auch grossen Respekt davor, ihn mit ihren Kindern zusammen durchzuführen. Doch gaben sie ihr den Anschein von Normalität. Wer sollte schon gross auf eine Mutter mit ihren drei Kindern achten?

Sie stapften los. Immer weiter hinaus aus der Stadt. Nussdorf war ihr Ziel. Der Laufbursche hatte die reine Marschzeit mit mindestens zwei Stunden berechnet. Sie wusste, das würde hart werden. Wusste auch, dass sie den kleinen Nikolaus immer wieder Huckepack nehmen müsste.

Sie sangen Lieder. Zuerst Kinderlieder. Dann wechselten sie zu den Schlagern, welche in ganz Wien immer wieder gesungen wurden. Jenes von Rudolf Sieczynski «Wien, du Stadt meiner Träume», hatte es ihnen besonders angetan. Laut schmetterten sie:

«Wien, Wien, nur du allein, sollst stets die Stadt meiner Träume sein. Dort wo ich glücklich und selig bin, ist Wien, ist Wien, mein Wien.»

Mit der Zeit verstummten die Lieder. Stumm trotteten sie nebeneinander her.

«Kann ich Sie ein Stück mitnehmen, gnädige Frau?»

Es schien, als hätte der Mann seine Stimme verstellt. Katharina zögerte, fasste sich ein Herz.

Leuchtende Kinderaugen. Der Wind in den Haaren. Der Fuhrmann stellte keine Fragen. Schaute nur ab und zu in ihre Richtung, die Hutkrempe tief ins Gesicht gezogen. Ein kleines Lächeln umspielte seine Lippen.

«Könnte es sein, dass Sie zu mir wollen?», fragte er. Dieses Mal unverstellt.

Katharina zuckte zusammen. Diese Stimme kannte sie. Ohne Zweifel, der Mann, welcher neben ihr auf dem Kutschbock sass, war kein anderer als Richard Wagner. Panik stieg in ihr hoch. Wenn das alles eine Falle war?

«Ich wollte Sie auf die Probe stellen», erklärte er.

«Wollte wissen, ob Sie wirklich Schmuck besitzen oder ob Sie eine Hochstaplerin sind. Ich hab' meinen Vetter gebeten, Ihnen zu folgen. Er war es auch, der Ihnen meine Adresse gegeben hat.»

Dann fuhr er, ohne ein weiteres Wort zu verlieren, weiter, fuhr an den ersten Häusern von Nussdorf vorbei. Weiter ging es auf einer Schotterstrasse eine Anhöhe hinauf, bis sie eine Hofeinfahrt erreichten. Katharina wollte ihren Kindern bescheiden, dass sie aussteigen sollten. Er hinderte sie mit einem kurzen Kopfschütteln daran und fuhr durchs Tor. Im Hof angelangt, befahl er einem herbeieilenden Knecht, die hölzerne Türe zu schliessen. Erst dann hiess er Katharina und ihre Buben, abzusteigen. Die Kinder hatten den Ernst der Lage nicht begriffen. Sie jubelten und schlossen Freundschaft mit den herumtrippelnden Hühnern und einem sich langsam nähernden Schäferhund.
«Zeigen Sie her, was haben Sie für mich?»

Sollte sie? Sollte sie wirklich ihren Schmuck auspacken? Angst schnürte Katharina die Kehle zu. Eine Angst, die sie in ihrem ganzen Leben noch nie verspürt hatte. Sie gab sich einen Ruck. Griff erneut in ihre Tasche und holte das Bündel heraus. Sorgfältig wickelte sie den Schmuck aus dem Stoff. Sie hatte die beiden Schmuckstücke ausgesucht, die – aus ihrer Sicht – am wenigsten wertvoll von allen waren: Ein Anhänger in Form einer goldenen Schwalbe zierte die schlichte Kette. Das Auge des Vogels, ein hellblauer Saphir. Dazu passend der Fingerring. Der Vogel war so gross, dass er das erste Fingerglied verdeckte. Auch hier ein hellblauer Stein.

Richard Wagner nahm ihr sorgfältig den Schmuck aus den Händen und begutachtete ihn. Leise pfiff er durch die Zähne. Katharinas Angst wuchs ins Unermessliche.

«Geld kann ich Ihnen keines geben. Aber Naturalien. Kommen Sie mit.»

Fragend schaute Katharina zu ihren Kindern.

«Lassen Sie sie hier. Vertrauen Sie mir. Es ist gleich um die Ecke.»

Er führte Katharina um den Hühnerstall herum. Sie erspähte eine kleine Hütte, trat hinter ihm hinein. Auf Regalen fand sich alles, was ihr Herz begehrte.

«Und jetzt?»

Sie schaute ihn fragend an. Der Mann erklärte ihr kurz, dass er für ihren Schmuck Verwendung hätte. Mehr bräuchte sie nicht zu wissen. Das sei das Sicherste. Für sie, für ihn. Dann nahm er einen Sack und füllte ihn. Mit Brot, Kartoffeln, Kohl, Kaffee, Salz, Mehl und Zucker, etwas Schmalz. Obendrauf legte er vier Eier.

«Für jedes eines», meinte er.

Katharina wagte nicht zu erwähnen, dass ihre Familie aber aus fünf Personen bestehen würde.

Sie war schon so überglücklich. Sie würde Pfannkuchen machen. Welch ein Schmaus.

Sie nahm den Sack entgegen. Er wog schwer. Das war ihr egal. Sie verabschiedete sich, rief ihre Kinder und wollte gehen.

«Ja, sind Sie wahnsinnig?»
«Sie können doch nicht einfach mit einem solchen Sack durch die Strassen ziehen! Ich bringe euch zurück in die Stadt.»

Insgeheim sehr erleichtert, stiegen sie alle wieder auf den Wagen. Kurz bevor sie ihre Wohnadresse erreichten, liess er sie aussteigen:
«In einem Monat, also am nächsten 22., dieselbe Zeit, ich erwarte Sie, genau hier», waren seine Abschiedsworte.

Elena will noch nicht nach Hause. Sie beschliesst, spontan bei ihrem Vater vorbeizuschauen. Sie ruft ihn an, passt es dir? Es passt. Es sei gut, dass sie komme, er hätte eine unglaubliche Entdeckung gemacht.

Kurze Zeit später sitzt Elena bei ihrem Vater im Wohnzimmer, einen Espresso vor sich. Sie erzählt ihm, dass sie den Brief an Nikola nun abgeschickt habe. Es scheint ihr, dass er schon ein bisschen beeindruckt ist.

«So, nun bist aber du dran. Welche Entdeckung hast du denn gemacht?»

«Ich habe Bilder von meinem Vater im Keller gefunden, die mir gänzlich unbekannt sind. Schau sie dir an, sie liegen dort drüben.»

Elena ist fasziniert. In diesen Bildern steckt eine unglaubliche Leichtigkeit. Kannte sie bislang nur monumentale Motive ihres Grossvaters, spielt sich in diesen Radierungen das pralle Leben ab. Menschen, die flanieren, die Damen mit Hüten der Haute Couture. Ein Junge, selbstvergessen in den Strassen seiner Kindheit. Eine Strassenbahn auf ihrem Weg durch die Innenstadt Wiens. Die Farbtöne milder, feiner. Frühlingsstimmung.

Sie bleibt lange vor den verschiedenen Gemälden stehen. Nimmt das eine oder andere in ihre Hand. Überlegt sich keck, wie sich dasjenige mit den grossen Hüten in ihrem Wohnzimmer wohl machen würde?

«Wo hast du denn diese Bilder gefunden?»
Ihr Vater erklärt ihr, dass er doch noch nicht alles ausgepackt habe seit seinem Umzug in diese Wohnung. Er nehme sich aber jede Woche vor, einmal in den Keller zu gehen, um vorwärtszukommen. Diese Schachtel jedoch sei ihm

vollkommen unbekannt erschienen. Sie müsse wohl aus dem Nachlass seiner Mutter stammen.

«Darf ich sie mir anschauen?»

«Klar, dort drüben steht sie.»

In der Schachtel befinden sich Belege, Quittungen, einige Briefe und ein schmales Heft: «Richard Wagner, Nussdorf, 1919».

«Wer ist denn Richard Wagner?»

«Den solltest du eigentlich kennen», schmunzelt ihr Vater.

Elena nimmt das Büchlein in die Hand. Es öffnet sich wie von selbst.

«Diese Seite hat wohl jemand oft angeschaut, was meinst du, Papa?»

Akkurat gezeichnete Kolonnen.

In der ersten ein Datum. Dann 2 Buchstaben. Es folgt eine breite Spalte mit einer Zeichnung, dann wieder Buchstaben, Abkürzungen vielleicht?

Elena setzt sich zu ihrem Vater. Gemeinsam betrachten sie die leicht vergilbten und verblassten Eintragungen und die dazugehörigen Skizzen. Allesamt gut getroffen, sind sich beide einig.

Auch einig sind sie sich, dass es sich in der zweiten Spalte um Initialen handeln müsste. Ein grösseres Rätsel sind die Zeichnungen. War Richard Wagner vielleicht ein Künstler, welcher seine Verkäufe notiert hatte? Doch wozu diente die letzte Kolonne? Bedeutete Ei auch wirklich das Nahrungsmittel?

Datum	Kürzel	Bild	Notizen
5.4.	HG	(Kreuz)	2 Ka, Sa, Zu, Mo, Schm
15.4.	J.B	(Taschenuhr)	Ei, Zu, Me, Ka, Schm, Br
22.4.	KR	(Schwalbe)	Br, 3 Ka, Sa, Me, Zu, Schm, Ei
12.5.	AM	(Ring)	Br, Me, Ei
22.5.	KR	(Perlenkette)	

Der Vater nimmt das Heft in seine Hände. Schaut, blättert, runzelt die Stirn, blättert wieder.

«Schau Elena, es gibt verschiedene Initialenpaare, die ein paar Mal erscheinen. Doch nur eines erscheint auch immer am selben Tag. Immer am 22. jeden Monats: KR.»

«Wenn dieses Büchlein in deinem Besitz ist, Papa, dann muss es doch irgendetwas mit dir, mit deiner Vergangenheit, mit deiner Familie zu tun haben, meinst du nicht? Gibt es jemand mit diesen Anfangsbuchstaben?»

Wolfgang wird still. Ganz in sich gekehrt sitzt er da. Dann meint er:

«Vielleicht ist es ja gar nicht KR, welches mit unserer Familie in Zusammenhang gebracht werden könnte. Wenn aber doch, dann fällt mir nur jemand ein: Meine Grossmutter väterlicherseits. Katharina Reiter.

Endlich schliefen die drei Knaben. Seelig hielten sie ihre Hände auf ihren Bäuchen. Heute nicht, weil sie vor Hunger schmerzten, heute, weil sie wohlig satt geworden waren.

Und endlich konnte Katharina ihrem Mann die ganze Geschichte erzählen. Nicht alles gefiel dem Musiker, was er da zu hören bekam. Manchmal musste er leise lachen. Doch immer wieder schaute er seine Frau mit neu erwachter Bewunderung an. Er konnte es kaum fassen, dass nun ihre Not ein Ende haben sollte. Jeden Monat ein so grosser Zustupf, das stellte er sich neben dem Einlösen der Lebensmittelmarken schon fast paradiesisch vor.

«Weisst du was, Katharina, wenn du ab jetzt mit deinen Juwelen unser aller Essen finanzieren kannst, dann könnten wir mit meinem Gehalt vielleicht eine bessere Wohnung finden. Ich will ja nicht unbescheiden sein, aber eine mit einem Zimmer mehr, das wäre fein. Ich frag gleich morgen

bei der Arbeit, ob jemand eine neue Unterkunft für uns kennt. Nun müssen wir gleich zweimal König Nikola dankbar sein. Zum einen für unseren Buben. Nun, er ist nicht immer einfach, er hat tyrannische Seiten an sich, im Grunde aber ist er einfach ein charmanter Kerl, ich hab' ihn lieb. Zum andern hast du dank deinen Zusammenkünften mit ihm deinen Schmuck. Ja, ich weiss, für dich war das eine schwere Zeit. Heute aber können wir von der Geschichte profitieren.»

Ein langer Monolog für einen schweigsamen Mann.

Teil 2

Der Zug fährt ein. Paris-Est. Der TGV hat Elena und Christian in knapp vier Stunden von Basel in die Hauptstadt Frankreichs gebracht. Sie haben auf der Reise viel geplaudert und gelacht und sich ein kleines Fläschchen Champagner gegönnt. Dazu ein Stück Brie und ein Baguette. So als Einstimmung, finden sie.

Beschwingt studieren sie den Metroplan. Beide sind sie schon mehrfach in Paris gewesen. Sie müssen einmal umsteigen, um nach Saint-Germain-des-Prés zu gelangen, wo sie ein Hotelzimmer gebucht haben. Es ist super gelegen und erschwinglich, ohne Luxus, aber das macht ihnen nichts aus. In seiner Offerte beschrieb der Besitzer sein Haus als «sans chichi et trallala». Das haben sie so lustig gefunden, dass sie gleich gebucht haben.

Sie würden nicht lange in der Stadt der Liebe bleiben können. Bloss ein Wochenende. Immerhin sind sie nun schon am Freitagabend gereist, so bleibt ihnen ein bisschen mehr Zeit. Elena wollte nicht mehr länger warten. Wenn Nikola II keinen Schritt auf sie zu machen würde, dann, ja dann müsste sie halt einen – oder zwei – auf ihn zugehen.

Sie beziehen ihr Zimmer im Hotel. Ein schmales Gebäude. Kaum Platz für den Empfangstresen, ein Frühstücksraum «en miniature», ein Lift, der in die drei Etagen führt. Sie wohnen im dritten Stock. Ein Bett, ein Kleiderschrank, ein Nachttischchen, eine Plastikrose als Deko. Anstelle einer Tapete ziert ein abgewetzter, mintgrüner Stoff mit gelben Schwänen die Wände. Elena öffnet das Badezimmer und blickt erstaunt um sich. Damit hat sie nicht gerechnet. Die Breite schätzt sie auf maximal anderthalb Meter. Die Länge jedoch ist beeindruckend. Wie Soldaten in Reih und Glied sind Badewanne, Toilette, Lavabo und Bidet nebeneinander aufgestellt. Himbeerrote Kacheln und lilafarbene Handtücher vervollständigen das ganze Ensemble.

Etwas müde legen sie sich auf das Bett und müssen laut auflachen. «Weisst du noch, in Zadar, auf unserer Reise Richtung Montenegro, da hatten wir ein ähnliches Bett. Die Matratze war genauso durchgelegen, wie es diese ist.»
Elena erinnert sich noch sehr gut und kichert fröhlich.
Die kurze Pause hat ihnen gutgetan. Hand in Hand schlendern sie durch das Quartier Saint-Germain. Während der Hinfahrt haben sie noch etwas in einem Reiseführer geschmökert und sich entschlossen, dass ihr erster Halt im altehrwürdigen «Café de Flore» sein soll. Sie haben in Erfahrung gebracht, dass das Café seinen Namen bei seiner Eröffnung im Jahre 1887 von einer vis-à-vis stehenden Skulptur von der Göttin Flora, der Göttin

der Blüte, erhalten habe. Auf der Homepage entdecken sie weiter, dass es sich um ein absolutes Kultkaffee handle. Unzählige grosse Künstler*innen hätten es in den vielen Jahren rege frequentiert. Für Jean Paul Sartre und Simone de Beauvoir aber auch Picasso, Giacometti und Karl Lagerfeld sei das «Café de Flore» eine Stammadresse gewesen.

Christian will gleich sein Handy zücken, um die Adresse einzugeben, damit sie baldmöglichst dort sein würden. Elena schreit leise auf.

«Nein, lass das doch bitte sein. Wir lassen uns einfach treiben, wir leben den französischen Charme, atmen Paris ein. Wenn wir das Café so nicht finden, dann darfst du googeln, einverstanden?»

Wirklich einverstanden ist Christian nicht. Er fügt sich aber, Elena zuliebe.

Nach zwanzig Minuten stehen sie vor dem Café. Es hätte bestimmt einen schnelleren Weg gegeben, aber keinen schöneren. Sie haben den kurzen Spaziergang sehr genossen, fühlen sich schon «très français».

Hübsch schauts aus, das «Café de Flore». Es befindet sich in einem Eckhaus. Und diese Ecken sind rund. Ein faszinierendes Paradox. Der Baldachin schön beschriftet. Darüber, im ersten Stock, finden sich unzählige Blumen und Blüten. An das runde Eckhaus angeschmiegt eine Tischreihe, auf der anderen Seite des Trottoirs sind ebenfalls noch ein paar Bistrotischchen aufgestellt.

Elena und Christian spähen ins Innere des Cafés. Säulen unterteilen den Raum. Das Interieur besteht aus Holztischen und -stühlen und roten Lederbänken. Eine grosse Vitrine mit süssen Köstlichkeiten sticht ihnen ins Auge.

Sie haben Glück, finden einen Platz draussen, am Ende der Reihe an der Hausmauer. Die Bedienung lässt lange auf sich warten. Das macht ihnen nichts aus. Es ist spannend, die flanierenden Menschen zu beobachten, welche zu Scharen am Café vorbeigehen. Die einen langsam und gemütlich. Das sind wohl die Touristen. Die andern - die Einheimischen - in einem unglaublichen Tempo.

Eine halbe Stunde später steht eine Torte der Sorte XXL vor Christian. Mit viel Sahne, Beeren und Baiser. Elena steht weniger auf Süsses und beisst genüsslich in ihr Club-Sandwich.

«Christian, ich bin schon ganz aufgeregt. Morgen fahren wir zu Nikola II. Zumindest hoffe ich, dass er noch dort wohnt. Magst du mal nachschauen, welchen Weg wir morgen nehmen könnten?»

Und nun darf Christian googeln. Rasch findet er heraus, dass es eine Verbindung ganz in der Nähe gibt. Sie müssten erst den «Pont Neuf» überqueren, um auf die andere Seite von Paris zu wechseln. Dort befindet sich die Métro Station Châtelet. Alle paar Minuten fährt von dort eine Métro in die gewünschte Richtung. Die Mairie hat sogar eine eigene Station.

Arm in Arm spazieren Elena und Christian zurück ins Hotel und holen sich eine wohlverdiente Mütze voll Schlaf.

Der Spaziergang am nächsten Morgen dauert nicht lange. Bald stehen sie auf der Brücke und schauen auf die Notre Dame hinüber. Bei ihrem Anblick läuft ihnen einmal mehr das Herz über.

Auf der anderen Seite der Brücke sehen sie das Zeichen der Métro. Schnell laufen sie die Stiegen runter, entwerten ein Ticket und suchen nach dem richtigen Perron. Der Zug fährt ein. Es ist unmöglich, einen Sitzplatz zu ergattern. Egal. Sie quetschen sich in eine Ecke und freuen sich auf die 20-minütige Fahrt Richtung Nikola II von Montenegro.

Und dann stehen sie vor dem schmucken Haus der Mairie. Mit Türmchen, Balustrade und Uhr. Eine Trikolore, daneben die blaue Fahne mit den gelben Sternen. Hohe Fenster lassen auf feudale Innenräume schliessen. Moderne Eingangstüren, eingelassen in die Rundbogen aus Sandstein.

Elena fühlt sich wie vor langer Zeit, als sie vor dem Sportgeschäft ihres Skifahreridols gefühlte Stunden gestanden hat, weil sie sich nicht hineingetraut hat, um eine Autogrammkarte zu erbitten. Sie besinnt sich auf ihr mentales Training, schliesst die Augen, erdet sich.

«Bonjour, comment puis-je vous aider?»
«Je m'appelle Elena Reiter.

Je vous ai envoyé une lettre il y a quelques semaines en vous demandant de la transmettre à Nikola Petrovitch, c'est-à-dire au roi Nikola II. Je n'ai pas reçu de réponse de sa part et je voudrais donc savoir si vous avez pu accéder à ma demande?»

Der Gesichtsausdruck der anfangs freundlichen Dame hinter dem Tresen wird im Sekundentakt griesgrämiger. Schliesslich presst sie hervor, sie hätten ganz bestimmt keinen Brief erhalten. Und wenn doch, dann hätten sie diesen mit Sicherheit nicht weitergeleitet. Da hätte sich ja weiss Gott was im Couvert befinden können. Was sich denn Elena eigentlich einbilde? Sie könne doch nicht einfach mir nichts dir nichts dem König einen Brief zukommen lassen. Wer sie denn eigentlich sei? Vielleicht sogar eine Spionin? Sie gäbe ihr nun genau zwei Minuten Zeit, die Mairie zu verlassen, andernfalls sähe sie sich gezwungen, die Polizei zu rufen.

Hoch erhobenen Hauptes verlässt Elena das Gebäude.

«Blöde Schnepfe», schimpft sie.

«Diesen Brief habe ich wohl vergebens geschrieben.»

Zwei Minuten später hellen sich Elenas Augen wieder auf. Sie stehen vor einem schönen Gasthaus. Ein schickes Interieur mit türkisen Stühlen. Sie entscheiden sich für das «menu des gastronomes», bestehend aus einem hauseigenen Aperitif, einer Pastete mit frischem Baguette, einem Teller mit Fischvariationen und einer luftigen Zitronenmousse mit Himbeeren. Gespannt warten sie auf die versprochene Überraschung. Sie entpuppt sich als «petit noir» und fruchtigem Quittenschnaps.

Immer noch leicht verstimmt, aber zufrieden und satt vom exquisiten Essen, nehmen sie die Métro zurück in die Hauptstadt. In ihrem Hotelzimmer gönnen sie sich ein ausgedehntes Schläfchen.

Es regnet. Buchstäblich aus heiterem Himmel. Vor ihrer Siesta hat noch die Sonne geschienen. Strahlend hell. Elena schlägt vor, den Hop-On Hop-Off Bus zu nehmen. Gemütlich können auf diese Weise viele Sehenswürdigkeiten in relativ rascher Zeit besichtigt werden. Bei diesem Regenwetter würden sich kaum viele Touristen dasselbe vornehmen. Christian googelt. Sie finden die nächste Haltestelle, warten auf den Bus. Trauen ihren Augen nicht: Er ist gerammelt voll, ein muffeliger Geruch von nassen Klamotten steigt ihnen in die Nase.

«Komm, wir gehen nach oben. Bei offenem Deck sitzt dort bestimmt niemand.»

Nachdem sie ihr Billett gekauft haben, steigen sie die Treppe empor. Zum Glück ist es kein bisschen kalt. Schnell legt Elena ihre Jacke quer über eine nasse Sitzbank und setzt sich hin. Christian nimmt neben ihr Platz, spannt seinen Schirm über sie beide und murmelt:

«Verrücktes Huhn.»

Die Tour kann losgehen. Ihre Rechnung geht auf. Sie sitzen alleine in luftiger und feuchter Höhe. Kichernd äugen sie unter ihrem Schirm hervor, lassen sich einmal mehr von Paris verzaubern. Das eine oder andere Foto wird geschossen. Alles schön grau in grau, gesprenkelt mit kleinen und grossen Wassertropfen.

Elena öffnet ihren Facebook-Account. Tippt die Seite von Nikola II an. Verlieren kann sie nichts mehr. Also schickt sie den an ihn geschriebenen Brief als Anhang und schreibt eine kurze Nachricht:

«Sehr geehrter Herr Petrovic-Njegoš
Ich habe Ihnen diesen Brief vor einigen Wochen via Mairie Ihres Wohnortes zukommen lassen. Die überaus freundliche Dame vom Empfang dort hat mich rausgeworfen und gemeint, sie hätten keinen Brief von mir erhalten. Ich glaube beinahe, sie haben ihn schon bekommen, ihn aber als böse Bombe entschärft ☺. Ich bitte Sie um eine Antwort, telefonisch, oder wir können uns auch sehr gerne treffen. Ich bin noch bis morgen Abend in Paris.
Ihre Elena Reiter»

Sie hinterlässt ihre Telefonnummer und fällt in einen tiefen Schlaf.

. Elena und Christian nehmen am nächsten Morgen die Treppe, um in den Frühstücksraum im Entrée zu gelangen. Es gibt eine Kaffeemaschine, in Zellophan eingepackte Croissants mit Marmeladenfüllung, Milch und diverse abgepackte Müslimischungen. Christian wählt ein Croissant, Elena Cornflakes. Nun fängt das bange Warten an. Schreibt er zurück? Hat er überhaupt Zugriff auf diese Facebook-Seite? Oder wird diese nur von einer Community betrieben?

Nach dem Frühstück packen sie ihre wenigen Habseligkeiten und sind froh, dass sie diese bis am Abend im Hotel lassen dürfen. Nach einem fünfminütigen Spaziergang treffen sie bei der Busstation ein. Nicht einmal zehn Minuten dauert die Fahrt, was sie sehr bedauern. Denn sie lieben es, nicht via Métro von A nach B zu gelangen, sondern in Bus oder Tram etwas von der Fahrt zu sehen. Weitere zehn Minuten Fussmarsch später stehen sie vor dem Museum. Ein stattliches

Herrenhaus aus dem 18. Jahrhundert erwartet sie. Bevor sie eintreten, drehen sie sich um, entdecken im Hintergrund den Eiffelturm, fragen sich, ob sie etwa zu Fuss schneller gewesen wären. Sie nehmen sich lachend an der Hand und lösen ihren Eintritt.

In herrschaftlichen Räumen wandeln sie auf schwarz-weissem Parkett. Wo das Auge nur hinreicht, Kunstwerk auf Kunstwerk. Elena kennt einige davon. Hat sich immer mal wieder Ausstellungen von Rodin angeschaut. Sie bleibt vor dem Kuss stehen. Folgt den weichen Linien der zwei sich Liebenden. Erinnert sich an den Film mit Isabelle Adjani als Camille Claudel. Camille Claudel, die langjährige Geliebte des grossen Rodin. Sie, die am Leben gescheitert ist. Sie, die die letzten dreissig Jahre ihres Lebens in einer psychiatrischen Anstalt verbracht hat. Die Frau, die den Meister mit ihrer eigenen Bildhauerkunst übertroffen habe. Elena teilt diese Meinung, schaut sich Camilles Werk, die Hingabe, welches ebenfalls seinen Platz im Musée Rodin gefunden hat, an. Einzigartig. Beide. Claudel beherrschte es jedoch, ihren Figuren eine Seele einzuhauchen. Ja, das war wohl der entscheidende Unterschied. Vehement reisst sich Elena los. Schliesslich ist sie in dieses Museum gegangen, um Rodin zu bewundern, nicht, um sentimental und melancholisch zu werden.

    Der Skulpturengarten hinter dem Museum ist einzigartig. Eingebettet in die Natur all die Kunstwerke. Ergriffen bleiben sie vor dem Denker stehen. Würde und Kraft gehen von ihm aus. Und so was wie Ewigkeit.

    Zurück in St- Germain-des-Prés - dieses Mal zu Fuss in einer halben Stunde inklusivem Blick in die Höhen des Eiffelturms - finden sie etwas abseits vom grossen Rummel eine schöne Brasserie. Sie setzen sich unter die blau-weiss-rot gestreifte Marquise und freuen sich darüber, nur französische

Worte aufzuschnappen. Das Restaurant scheint keine Touristenfalle zu sein. Elena bestellt sich eine kleine Auswahl an Käsen, Christian eine überbackene Zwiebelsuppe. Mit einem kühlen Glas Weisswein stossen sie an.

Es surrt in Elenas Handtasche. Ihr Puls beschleunigt sich. Das Symbol auf ihrem Handy zeigt ihr, dass eine Facebook-Nachricht eingetroffen ist. Sie tippt darauf, liest den kurzen Text. Um sicher zu gehen, kopiert sie ihn und lässt ihn von ihrer App übersetzen. Ein Administrator teilt ihr mit, dass König Nikola II keine Zeit für ein Treffen habe. Ebenso wenig für ein Telefonat. Doch sollte sie einen Beweis in Form von Juwelen aus der königlichen Schatzkammer erbringen, dürfe sie sich gerne wieder melden.

Irritiert legt Elena ihr Handy zur Seite, widmet sich erneut ihrem Käse, der zusammen mit dem frischen Baguette vorzüglich schmeckt. Sind das

Worte von dem Mann, den sie mit der Zeit ihrer Recherchen zu bewundern angefangen hat? Sollte er nicht wenigstens etwas Interesse für ihre Geschichte aufbringen? Oder hat er etwa Angst vor der Wahrheit? Nun muss sie doch etwas kichern.

«Elena, du nimmst dich vielleicht auch einfach etwas zu ernst», scheltet sie sich.

«Du, Christian, wie um Himmels Willen könnte ich denn einen solchen Beweis erbringen? Wie an diese Juwelen gelangen? Es ist doch alles schon so lange her, die haben sich bestimmt in alle Winde zerschlagen.»

«Hm, hast du mir nicht von einem kleinen Büchlein erzählt, welches dein Vater erst vor kurzem gefunden hat? Oder eher einem Notizblock von einem, jetzt weiss ich nicht mehr, wie der heisst, irgendein Komponist oder so. Ist dort nicht Schmuck abgebildet?»

«Hihi, ja genau. Richard Wagner. Es handelt sich dabei weniger um Abbildungen von Schmuck, denn von schnell gekritzelten Zeichnungen. Nicht schlecht getroffen, das muss ich schon zugeben. Lass mich mal nachdenken. Auf dem Einband steht der Name. Ein Jahrgang. Und eine Ortschaft. Genau. Nussdorf. Dort bin ich schon oft gewesen. Von dort aus kann man auf den Kahlenberg wandern, um von oben eine gewaltige Aussicht auf Wien zu geniessen. Müssen wir dort hin, was meinst du, Christian?»

Christian zückt sein Telefon. Sucht nach Ferienwohnungen in Nussdorf. Er bucht für die nächsten schulfreien Tage ein Domizil. Es wird mit grossem Garten, weitläufigen Zimmern und einem Blick über die Donau angepriesen.

Es wird Zeit. Sie holen ihr Gepäck und machen sich auf den Weg zum Bahnhof. Bevor sie in den Zug steigen, kaufen sie sich Wasser, Weisswein, eine Terrine und Baguette. So zum Abgewöhnen. Ein geflügeltes Wort der Familie.

Teil 3

Der Zug fährt ein. Wien Westbahnhof. Elena nimmt einen grossen Atemzug. Schliesst die Augen. Nur am Westbahnhof in Wien riecht es so. Sie möchte die ganze Welt umarmen. Sie ist wieder da. In ihrer Stadt. Nirgendwo kann sie so frei atmen. Nirgendwo fühlt sie sich so daheim. Sie ergreift Christians Hand, schmiegt sich an ihn. Zusammen verlassen sie den Perron.

Mit der U6 fahren sie bis nach Spittelau, die Linie D bringt sie weiter nach Nussdorf. Nach einem kurzen Spaziergang stehen sie vor ihrer Bleibe auf Zeit: Ein zweistöckiges Haus mit Garten. Freudig wedelnd kommt ihnen ein Golden Retriever entgegen, gefolgt von seinem Herrchen.

«Servus und herzlich willkommen, ich hoffe, Sie hatten eine gute Reise? Bitte treten Sie ein und fühlen Sie sich bei uns wie zuhause. My name is Benjamin, für euch Ben.»

Sie fühlen sich gleich wohl. Bens englisch gefärbter Dialekt zaubert ein Lächeln auf ihre Gesichter und sie stellen sich ebenfalls mit Vornamen vor.

Die Wohnung ist hinreissend. Das Entrée begrüsst sie mit warmem Licht. Es folgt ein grosses Badezimmer, der Essbereich, liebevoll mit rosa Tulpen dekoriert, eine Küche, das Wohnzimmer mit einer wunderschönen Aussicht auf die Donau. Auch vom geräumigen Schlafzimmer aus haben sie einen freien Blick auf das Blau des vorbeiziehenden Flusses.

«Das haben wir gut gemacht, gell?»

Christian nimmt Elena in den Arm. Sie lehnt ihren Kopf an seine Schulter, schaut über das fliessende Wasser unter ihnen.

«Denkst du, wir finden einen Hinweis auf Richard Wagner?»

«Ich hoffe es», murmelt er in ihr Haar hinein.

«Aber auch wenn nicht, deine Recherchen haben uns eine weitere Reise in diese wunderschöne Stadt beschert.»

«Das stimmt absolut», gibt ihm Elena Recht.

«Nur leider bin ich nicht weit mit meinen Recherchen gekommen. Keiner der acht Richard Wagner, die laut österreichischem Telefonbuch in Wien wohnen, hat einen Verwandten, der ebenfalls den Vornamen Richard getragen hätte. Besser gesagt, einen habe ich ja noch nicht erreicht. Ich setze meine ganze Hoffnung in ihn. Vielleicht heisst es auch Klinken putzen in Nussdorf. Es könnte doch sein, dass die Liste mit den Zeichnungen bei jemandem eine Erinnerung wachruft.»

Elena wählt erneut die Telefonnummer von Richard Wagner. Es nimmt niemand ab.

Sie studieren die Broschüren, welche ihre Gastgeber ihnen hingelegt haben. Hocherfreut finden sie in ihrer Nähe ein Kaffeehaus. Sie verzichten aufs Auspacken ihrer Habseligkeiten und machen sich auf den Weg. Gemütlich schlendern sie nach Nussdorf.

Schön schaut das Haus aus, welches das Café beherbergt. Sie bestellen sich ein vegetarisches Frühstück mit gemischtem Gebäck, Käse, einem weichen Ei, frischem Gemüse, Orangensaft und einer Melange. Mit grossem Appetit langen sie hungrig zu. Niemand hätte vermuten können, dass sie bereits im Nachtzug zwei Semmeln mit Butter und Marmelade vertilgt haben.

Zurück in ihrer Wohnung packen sie ihre Koffer aus und räumen alles ein. Dann legen sie sich hin. Vom geöffneten Fenster her hören sie das Plätschern des Wassers, welches sie sacht in eine ausgedehnte Siesta gleiten lässt.

Nach ihrem Schläfchen geniessen die beiden erstmal ihre Wohnung. Sie ist gemütlich eingerichtet, Elena, die Büchernärrin, freut sich enorm, dass im Wohnzimmer auch eine kleine Bibliothek zu finden ist. Sie vertieft sich alsbald in einen Wiener Krimi von Gerhard Loibelsberger: Inspektor Nechyba und die Naschmarktmorde lassen sie bald ihre Umgebung vergessen.

«Nun reicht es aber», beschliesst Christian.

«Komm, ich hab' Hunger. Ich hab' uns ein schönes Restaurant rausgesucht.»

Ein kurzer Spaziergang. Elena erkennt das Restaurant. Da wollte sie schon einmal essen gehen. Es war an einem Neujahrstag. Doch da war das Beisl voll ausgebucht. Die Wiener Bevölkerung genoss nach dem Neujahrskonzert dort das kulinarische Angebot. Es gab für sie keine Chance, einen Platz zu ergattern.

«Christian, das hast jetzt du richtig gut gemacht!»

Sie nehmen Platz, bestellen sich ein Glas Veltliner. Als der Kellner die beiden Gläser vor sie hinstellt, zeigt ihm Elena das Heft von Richard Wagner. Er schaut sich den Umschlag an, kann sich ein Grinsen nicht verkneifen. So alt sei er nun aber doch nicht, meint er mit einem Zwinkern. Wieder ernst geworden erklärt er ihr, dass er leider nicht aus Nussdorf stamme, er wohne in Wiens Innenstadt. Er könne ihr da nicht weiterhelfen. Gerne würde er jetzt aber den Herrschaften in einer anderen Art und Weise weiterhelfen, indem er ihre Bestellung aufnehmen werde.

An diesem Abend weicht Christian von seiner Gewohnheit ab, nach einigem Hin und Her dann doch das zu bestellen, was Elena sich ausgesucht hat. Beim Angebot von gebackenem Kalbskopf mit Erdäpfelsalat kann er nicht widerstehen. Zur Vorspeise gibt es eine Rindsbouillon mit Einlage.

Für Elena kommt ein Kalbskopf nicht in Frage. Sie wählt einen gemischten Salat und die Filetspitzen in Rahmsauce mit Pilzen und Speck, dazu Butternockerln.

Den warmen Topfenauflauf mit Vanillesauce und Himbeeren teilen sie sich.

Christian bestellt zwei Espresso. Der Kellner schaut ihn mit hochgezogener Augenbraue an und meint:

«Ah Sie wollen einen kleinen Schwarzen.»

Sprichts, geht davon und kehrt mit zwei kleinen, zierlichen Tassen zurück, flankiert von zwei Schnapsgläsern.

«Bitte sehr, die Herrschaften.»

Der Kaffee ist heiss und ungelogen eine Wucht. Der Powidl gehört eindeutig zur Marke «Eigenbrauerei» und entpuppt sich als Fruchtexplosion. Erst auf der Zunge, dann breitet sich wohlige Wärme in Leib und Seele aus.

Sie haben gegessen wie die Könige. Auch bezahlt haben sie wie Könige, doch das war es wert.

Die Sonne scheint ihnen mitten ins Gesicht und weckt sie. Christian bringt Elena einen Kaffee ans Bett. Eine liebevolle Geste, die sie jedes Mal ums Neue verzückt.

Nach einer erfrischenden Dusche geht es los. Ihr Ziel ist der Nussberg. Man durchquert ihn auf dem Weg zum Kahlenberg. Start der kleinen Wanderung ist die Endstation Nussdorf am Beginn des Beethovengangs. Es sei der Lieblingsspaziergang des begnadeten Musikers gewesen, entlang des Schreiberbachs.

Elena und Christian fragen sich, wie es wohl um Beethovens Fitness bestellt gewesen sein könnte. Denn nach höchstens zehn Minuten finden sie sich vor seiner Büste an der «Beethovens Ruhe» wieder. Inmitten eines Wäldchens steht sie auf einem weissen Marmorsockel, dieser wiederum in einem Miniaturpark mit einer ziemlich hässlichen grünen Umrandung drum rum.

Sie setzen sich auf eines der Bänkchen und stellen sich vor, dass Beethoven genau hier jeweils seine Rast eingelegt hat.

Ein Blick in den Reiseführer, welcher ein Wiener Schriftsteller für Wiener geschrieben hat, und sie erfahren, dass Ludwig van Beethoven die Gegend im heutigen 19. Bezirk ganz besonders geliebt habe. Er liebte das Ländliche, habe gerne den Sommer hier verbracht. 1817 habe er sich schliesslich eine Wohnung in Nussdorf gemietet und dort unter anderem an den Entwürfen seiner 9. Symphonie gearbeitet.

Die teilweise schweisstreibende Wanderung den Nussberg hinauf führt sie über Wiesenwege durch viele Rebzeilen hindurch. Dabei erhalten sie immer wieder atemberaubende Ausblicke auf Wien.

Vor einer Weingartenhütte etwas abseits ihres Weges setzen sie sich auf ein Brett und geniessen einen unglaublichen Panoramablick.

Nach der kurzen Pause geht es noch einmal den Berg hinauf bis sie vor einem Gebäude stehen bleiben. Ein verwittertes Tor, ein Schopf, landwirtschaftliche Geräte, die auf Weinbau schliessen lassen, grosse Fässer, Kisten, leere Flaschen.

Auf einer grünen Bank sitzt ein Mann. Genüsslich zieht er an seiner Pfeife. Als er sie erblickt, wird sein Blick abweisend. Trotzdem öffnet Elena Wagners Büchlein und zeigt es dem Mann. Dieser wirft kaum einen Blick darauf, schüttelt den Kopf und hebt abwehrend die Hand. Enttäuscht lassen sie ihn in Ruhe.

Nun geht der Weg steil bergab. Er bringt sie zurück nach Nussdorf. Kurz bevor sie das Gasthaus erreichen, welches sie sich für ein stärkendes Mittagessen ausgesucht haben, kommen sie an einem schönen Haus vorbei. Die Inschriften verraten:

In diesem barocken Haus hat einst Emmanuel Schikaneder, der Librettist der Zauberflöte und danach der Operettenkomponist Franz Lehàr gewohnt.

300 Meter später stehen sie vor einem grossen Tor. Rasch hindurchgeschlüpft und sie befinden sich in einem düsteren Durchgang. Linker Hand befindet sich die Schankstube. Auf der anderen Seite eröffnet sich ihnen ein Blick in einen zauberhaften Garten. Sie suchen sich einen Platz unter den Glyzinien aus.

Die Kellnerin bringt ihnen die Speisekarte. Sie entscheiden sich für den Tafelspitz. Mit Wurzelgemüse und Markscheibe. Dazu Rösterdäpfel, Apfelkren und Schnittlauchsauce.

Eine hausgemachte Limonade lässt den Durst schnell vergessen.

Bevor sie zahlen, zeigt Elena der Bedienung das Heft. Ob sie sich vielleicht einen Reim darauf machen könne?

Das könne sie leider nicht, sie könne aber gerne in ihrer Zimmerstunde ihre Grossmutter fragen. Diese lebe seit ihrer Geburt in Nussdorf. Schnell fotografiert sie mit ihrem Natel die Zeichnung und verabredet sich mit Elena und Christian auf den frühen Abend.

Aufgeregt verlassen sie den Restaurantgarten mit den vielen schönen Blumen und dem grünen Laub und spazieren zurück in ihre Wohnung.

Pünktlich um 17.00 Uhr setzen sich Elena und Christian erneut in den Garten des Restaurants. Sie fragen nach der Kellnerin. Diese sei noch nicht zur Arbeit erschienen. Ob sie warten und etwas trinken möchten?

Bald steht ein kühles Glas Apfelsaft vor den beiden, sie prosten sich zu und geniessen den ersten Schluck mit geschlossenen Augen.

Etwas abgehetzt, etwas ausser Atem, eilt die junge Dame zu ihnen.

Ihre Grossmutter hätte sie fast nicht mehr gehen lassen wollen, hätte ihr ein Schmankerl ums andere von damals erzählt. Und ja, die Grossmutter möge sich an einen Richard Wagner erinnern. Droben auf dem Nussberg habe dieser einen Hof gehabt. Dort, wo sich heute eine Weinkellerei befände. Und man habe damals gemunkelt und sich gefragt, weshalb sich der Richard plötzlich eine neue Hofeinfahrt mit einem schönen Tor hätte leisten können. Weshalb er sich immer neue Hühner hätte zulegen können. Unter vorgehaltener Hand sei das Wort

Schwarzmarkt gefallen. Sie wolle aber niemanden verunglimpfen, sie würde nur erzählen, über was damals getuschelt worden sei.

«Du, Christian, wir sind doch an einer Weinkellerei heute Morgen vorbeigekommen. Dort, wo wir den maulfaulen Mann getroffen haben. Vielleicht ist es ja diese gewesen?»

Nachdem sie einen Wegbeschrieb erhalten hat, bestätigt die Kellnerin Elenas Vermutung.

«Da müssen wir wohl noch einmal unsere Wanderung von heute unter die Füsse nehmen», meint Christian. Vielleicht finden wir ja, auch wenn ich es fast nicht glauben kann, einen Hinweis auf die Juwelen deiner Grossmutter.«

Das sei doch nicht nötig, gibt ihm die Kellnerin zur Antwort. Sie habe die Telefonnummer des heutigen Besitzers der Weinkellerei dabei. Sprichts, holt einen Zettel aus ihrer Tasche und verabschiedet sich. Sie würden der Frau ein fürstliches Trinkgeld hinterlassen.

«Jetzt aber habe ich Hunger. Wollen wir an die Donau gehen? Einen Happen essen, etwas trinken, den schönen Abend geniessen?»

Eine halbe Stunde später finden sie ein lauschiges Plätzchen. Etwas urban, dabei nicht weniger charmant.

Dort gibt es Fingerfood, genau das richtige. Sie beobachten die Gäste, die von ihren Tischen aufstehen, sich bis auf den sich unter ihrer Kleidung verborgenen Badeanzug ausziehen und ins kühlende Nass springen. Sie bedauern, es ihnen nicht gleichtun zu können. Ihr Badeanzug liegt leider in der Kommode in ihrer Ferienwohnung

«Schon wieder», murrt Elena etwas ungehalten.

«Das habe ich doch erst gerade erlebt. Bei meiner letzten Reise nach Wien, auf den Pfaden meiner Vorfahren. Damals habe ich mir einen

Badeanzug in Baden gekauft, um in der Therme baden gehen zu können. Ein schrill-buntes Teil, erinnerst du dich, wie es ausschaut? Für einen weiteren Kauf ist es jetzt leider zu spät. Auch sehe ich nirgends einen Laden.»

Wie aus dem Nichts erscheint der Kellner an ihrem Tisch. Er entschuldigt sich, er habe nicht lauschen wollen. Doch habe er mitbekommen, dass die Herrschaften sich in Nöten befinden würden. Sie seien natürlich auch für solche Fälle bestens ausgerüstet. Ob sie einen Badeanzug mieten wollten? Natürlich unter strengsten Hygienevorschriften.

Die beiden wollen, und wie sie wollen. Kichernd nehmen sie ihr Leihstück in Empfang und ziehen sich schnell auf der Toilette um. Ihre Taschen können sie an dem Tresen abgeben.

Nachdem Elena wieder aufgelegt hat, wird sie von Christian umarmt. Er hält sie fest und murmelt in ihr Haar:

«Der arme Mann, dein Gefasel war schon echt wirr.»

Weil sie nicht die Zeit mit rumsitzen und warten vergeuden wollen, machen sie sich auf Richtung U-Bahn-Station Donauinsel. Sie durchqueren die Grünanlage, hören einem Drummer zu, ein wahres Genie seiner Zunft. Mal wilde Kompositionen, mal leise, beinahe wehmütig. Sie reissen sich los und begeben sich auf die Reichsbrücke. Bleiben stehen. Sprachlos. Überwältigt. Es glitzert in der Donau. Wie tausende von tanzenden Sternen im träge fliessenden Wasser. Auf der anderen Uferseite erhebt sich die majestätische Kirche Franz von Assisi, ihr heutiges Ziel. Sie wurde zur Erinnerung an das fünfzigjährige Regierungsjubiläum von Kaiser Franz Joseph I erbaut.

Etwas weiter links entdecken sie das Restaurant, in welchem die Szenen der von ihnen geliebten Fernsehserie Soko Donau gedreht worden sind.

Die Kirche hat geschlossen. Seit genau einer halben Stunde. Ärgerlich, sehr ärgerlich. Es bleibt ihnen nichts anderes übrig, als sie einmal zu umrunden und ihre Aussenarchitektur zu bewundern. Es finden sich viele Türme, grosse und kleine, viele Dächer, runde, halbrunde, kantige. Alles gleicht eher einem verwunschenen Schloss, denn einer Kirche.

Ein grosser Platz mit vielen Bänken schliesst das Ganze ab. Er ist nicht schön, auch die angrenzenden Häuser sind es nicht. Aber prall mit Leben. Ein Vater mit Kleinkind und Babywagen, zwei alte Männer mit einem Coffee to go in den Händen, die sich austauschen, weiter drüben zwei

Studentinnen, welche ihre Köpfe in ihre Lehrbücher stecken. Taubengurren, Vogelgezwitscher.

Elena und Christian schlendern durch die Anlage und bleiben vor einer in Stein gemeisselten Inschrift stehen:

«Mexiko war im März 1938 das einzige Land, das vor dem Völkerbund offiziellen Protest gegen den gewaltsamen Anschluss Österreichs an das Nationalsozialistische Deutsche Reich einlegte. Zum Gedenken an diesen Akt hat die Stadt Wien diesem Platz den Namen Mexiko-Platz verliehen.»

Dann setzen sie sich auf einen der Bänke, lassen die imposante Kirche und das Treiben auf dem Platz auf sich wirken. Ein Moment der Stille erfasst sie. Einen der kostbaren Momente, wo man mit sich und der Welt komplett im Reinen ist.

In Elenas Tasche surrt es. Sie nimmt den Anruf entgegen, aufgeregt, da sie die Telefonnummer erkennt.

«Elena Reiter.»

«Richard Wagner. Guten Tag Frau Reiter. Mir ist ja schon viel passiert, doch eine so konfuse Nachricht habe ich in meinem Leben noch nie erhalten. Sie sind eine Prinzessin? Auf der Jagd nach Juwelen?»

Bevor Elena die bissige Antwort, welche ihr auf der Zunge liegt, hervorpressen kann, erklingt ein raues Lachen. Ansteckend und befreiend.

Einige Minuten später hat Elena - nun ruhig und gefasst - dem Mann ihre Situation geschildert. Er ist schnell bereit, sich mit ihr zu treffen. Ein Abenteuer sei das, er freue sich, ihr seinerseits die Hinterlassenschaft von seinem Urgrossonkel zu zeigen.

Richard schickt Elena seine Adresse, sie wollen sich am Abend bei ihm treffen. Schnell gegoogelt und Christian verkündet, dass sie von ihrer Ferienwohnung zu Fuss dorthin gelangen könnten. Maximal fünfzehn Minuten, bestimmt nicht mehr.

Bei einem Asiaten kaufen sie sich Nudeln. Einmal mit Ente, einmal mit Shrimps. Dann machen sie sich auf den Rückweg nach Nussdorf.

«Guten Abend, herzlich willkommen, treten Sie ein.»

Mit einer einladenden Geste winkt er sie herein, freut sich über die mitgebrachte Flasche Wein, stellt diese in das Kühlregal, bittet sie, Platz zu nehmen.

Elena will nicht zu neugierig wirken, schaut jedoch immer wieder verstohlen zu ihm hin. Sie schätzt ihn etwas älter als sich selbst ein. Er hat volles Haar, welches einen Schnitt vertragen könnte. Erste graue Haare zeigen sich im Braun. Um seine Augen haben sich tiefe Falten gebildet. Eindeutig: Lachfalten. Sie passen zu seiner Anrufbeantworter-Ansage und zu seinem rauen Lachen.

Seine Wohnung ist auf eine charmante Art unaufgeräumt. Überall Bücher. In den Regalen, auf dem Tisch, auf dem Boden. Pflanzen stehen dazwischen, die meisten sind Kakteen. Elena fühlt sich sofort wohl.

Auf dem Tisch steht auch eine Schachtel. Neugierig betrachten sie diese. Sie müffelt, hat mit Sicherheit schon bessere Tage gesehen, ist zerfleddert und fleckig.

«Sind das....?»

«Ja, ja, das sind die wenigen Habseligkeiten, die von meinem Urgrossonkel, Gott hab ihn selig, geblieben sind. Darf ich Ihnen eine Melange anbieten?»

Sie machen es sich mit dem nach frisch gemahlenen Bohnen duftenden Getränk bequem. Dazu reicht Richard einen noch warmen Apfelstrudel, der auf der Zunge zergeht. Mit vielen Äpfeln, wenigen Rosinen, etwas Zimt. Umgarnt von einem hauchdünnen Strudelteig. Genauso muss ein

Strudel sein. Eine Zeit lang spricht niemand. Jedes geniesst und hängt seinen eigenen Gedanken nach.

Richard gibt sich einen Ruck, öffnet die Schachtel, lässt seine Besucher einen Blick hineinwerfen.
Alte Rechnungen, Notizzettel, Briefmarken, Geldmünzen, ein Kamm. Verschiedene Hefte in diversen Grössen. Richard öffnet eines. Auch hier: Eine Spalte mit Daten, eine mit einem Kürzel, bestehend aus zwei Buchstaben, eine mit einer Zeichnung, meist Schmuck, eine letzte mit weiteren Kürzeln. Auch hier: Das Kürzel KR, immer an einem 22. eines Monats. Elena zeigt nun Richard ihr Heftchen. Interessiert beäugt er dieses.

Vergilbte Fotos sind zu einem Packen geschnürt. Er reicht sie Elena. Vorsichtig befreit sie die Bilder von der Schnur und blättert sie durch. Christian schaut ihr dabei über die Schulter. Es finden sich Fotos von einem Mann mit Hut, grossgewachsen, hünenhaft. Bei einer Nahaufnahme auch da: Lachfalten, tief eingekerbt.

Fotos von Hühnern, einem Hund, Weinreben. Panoramabilder. Im Vordergrund Weinfässer. Als letzte Aufnahme kommt ein Frauenportrait zum Vorschein. Sie schaut dem Fotografen direkt in die Kamera. Ein angedeutetes Lächeln. Ein Blick aus hellen Augen. Forsch und wehmütig zugleich. In ihren leicht gewellten Haaren weht der Wind.

Elena verwünscht sich. Ach, hätte sie doch bloss selbst ein Foto geschossen. Damals, als sie im ehemaligen Arbeitszimmer ihres Grossvaters übernachtet hat, in welchem das Bild seiner Mutter gerahmt an der Wand hing. Dann hätte sie jetzt eine Vergleichsmöglichkeit. Ist sie es?

«Wer ist das?», fragt sie Richard.

Er schüttelt bedauernd seinen Kopf.

«Genau weiss ich das nicht. Mein Urgrossonkel sei ein Eigenbrötler gewesen, habe nie geheiratet. Es gibt aber eine familiäre Überlieferung, geliebt habe er. Ein einziges Mal in seinem Leben. Heftig und für immer. Es sei nichts daraus geworden, sie sei wohl verheiratet gewesen. Seiner Liebe habe dies keinen Abbruch getan.

«Darf ich?»
«Nur zu.»

Elena steht auf. Mit einem Finger bewegt sie sachte den Inhalt in der Schachtel. Schiebt einen Beleg hierhin, ein Couvert dorthin. Sie hält in ihrer Bewegung inne. Was war das gerade? Ihr Finger hat etwas Hartes gestreift. Sie tastet sich vor. Greift nach einem kleinen Gegenstand, welcher sich ganz zuunterst versteckt hat. Fischt ihn heraus. Öffnet ihre Hand. Darin: Eine Perle. Ungeschliffen. Einige Bruchstellen sind zu sehen.

Katharina fasste nach seiner Hand und stieg zu ihm auf den Kutschbock. Heute überliess sie ihre Kinder ihrem Mann. Es brauchte keine Geheimnisse mehr vor ihm, so dass sie ihn frei heraus fragen konnte, ob er zu den drei Buben schauen könnte. Da er einen arbeitsfreien Tag hatte, sagte er gerne zu. Viel zu selten sah er seine Jungs. Heute wollte er mit ihnen in den Schönbrunner Zoo gehen, sie alle freuten sie diebisch auf diesen Ausflug.

Schweigend sassen sie beieinander. Sie schaute zu ihm rüber. Sein Blick streifte sie, ein Lächeln kam zum Vorschein. Sie liebte es, ihn lächeln zu sehen. Liebte es, seine Lachfalten entstehen zu sehen, eine um die andere.

Beim Hof in Nussdorf angekommen, half er ihr galant herunter, hielt ihre Hand ein kleines bisschen länger in seiner, als es sich geziemte. Er führte sie an ihrem Ellenbogen zum Schopf, zu seinen

Lebensmitteln, fragte sie, was sie ihm denn heute mitgebracht hätte. Schweigend nahm sie ihre Kette ab. Sie war der Anfang gewesen, darauf hatte er sie vor langer Zeit angesprochen. Sie reichte sie ihm, sagte, sie müsse Abschied nehmen, käme kein weiteres Mal mehr zu ihm. Die Zeiten hätten sich geändert.

Er nahm die Kette behutsam aus ihrer Hand. Schaute sie an. Sie hielt seinem Blick stand.
«Sie wissen, dass ich Sie liebe. Vom ersten Augenblick an. Ich werde Sie immer lieben. Diese Kette werde ich nicht verkaufen. Sie wird mich für immer an Sie erinnern.»

In ein Heft, welches auf einem Regal lag, zeichnete er mit schnellen und gekonnten Strichen zuunterst in eine Kolonne eine Skizze von Katharinas Perlen.

Er nahm eine Fotokamera, seine Augen fragten um Erlaubnis. Sie nickte. Es war ihr bang ums Herz. Der Abschied von ihm fiel ihr schwer.

Er wollte ihr Lebensmittel mitgeben. Sie schüttelte den Kopf. Bat nun ihrerseits um Erlaubnis und nahm das Heft an sich. Dabei streiften sich ihre beiden Hände.

«Bitte bring mich zurück.»

«Sehr geehrter Herr Petrovic

Sie wollten Beweise. Beweise von königlichen Juwelen. Beweise, dass meine Urgrossmutter von König Nikola I eben solche erhalten hätte. Erst dann seien Sie für ein Gespräch bereit. Meine Recherchen haben mich erneut nach Wien geführt. Besser gesagt, nach Nussdorf. Ich habe einen Nachkommen von Richard Wagner ausfindig machen können. Nein, nicht von dem Komponisten. Von Richard Wagner, dem Schwarzmarkthändler, der im Tausch für Schmuck Lebensmittel bereitgestellt hatte. Damals, kurz nach dem ersten Weltkrieg. In unserem Falle königlichen Schmuck. Finden Sie bitte den Beweis dafür auf dem Foto, welches ich Ihnen schicken werde. Ich habe die Perle im Nachlass von Richard Wagner gefunden. Sie befindet sich nun in meinem Besitz und kann von Ihnen jederzeit in Natura angeschaut und bewertet werden. Ich sende Ihnen auch eine Fotografie, ebenfalls im Nachlass von Richard Wagner zu finden. Wenn mich nicht alles täuscht,

handelt es sich dabei um meine Urgrossmutter, um Katharina Reiter, Köchin am Hofe von Nikita I von Montenegro. Bitte seien Sie sich gewiss, ich erhebe keinerlei Ansprüche. Ich möchte Sie nur kennenlernen. Ich möchte wissen, ob sich unsere mündlich überlieferte Familiengeschichte bewahrheitet.
Ihre
Elena Reiter»

Vielleicht war das eine oder andere so.

Vielleicht war aber auch alles ganz anders.

Bin ich eine Prinzessin? Bin ich keine?

Was spielt das schon für eine Rolle.

Wer weiss das schon.